Mario Otto Taschenbücher, Ebooks, Hörbücher, CDs, Projekte uvm. gibt es bei
www.Amazon.de
und
auf folgenden Seiten:

www.fotorestauration-otto.de
www.ahnenforschung-otto.de
www.mario-otto.de
www.koschta.de
www.postkarte.biz

Mario Otto

Kurzgeschichten
für Kinder und Erwachsene
Lustige, spannende, gruselige, unheimliche, fröhliche und entspannende Kurzgeschichten und Märchen!

2. Auflage der Originalausgabe
Mario Otto Verlag Düsseldorf

Alle Texte von: Mario Otto
Alle Zeichnungen und Cover: Anna Garipova -
außer Seite 51, 53, 77 und 79 von Nadine Scherder
Umschlaggestaltung: Mario Otto
Herausgeber: Mario Otto

Inhalt

Vorwort

Liebe kleine und große Leser/innen,
ich bin froh, dass dieses Buch nun endlich nach über 1 Jahr gedruckt werden kann.
Ich möchte an dieser Stelle meinen tollen Zeichnerinnen ein großes Dankeschön aussprechen, sie haben ihre Aufgabe großartig gemacht, mit so viel Liebe und Können.

Sie, liebe kleine und große Leserinnen, erwartet nun satte 21 Kurzgeschichten die zwischen ein paar Sätzen und bis zu 5 oder 6 Seiten lang sind! Also IDEAL, auch für kleine Pausen oder Lesefaulpelze!
Lustige, spannende, gruselige, unheimliche, fröhliche und entspannende Kurzgeschichten und Märchen!

Viel Vergnügen!

Ihr Mario Otto

Tinas Geburtstag

Tinas 12. Geburtstag stand an und sollte groß gefeiert werden.
Zusammen mit ihrer Mutter hatte sie noch Tage zuvor selbst geschriebene, hübsche Einladungskarten verschickt.
Ihre zwei Freunde, Tim und Anna, und deren Eltern kamen mit so vielen tollen Geschenken, sie wusste vor Rührung kaum, was sie sagen sollte.
Tims Mutter kam mit einer hübschen Blechdose voller leckerer Plätzchen und einem großen Glas Lavendelhonig, den sie im letzten Herbst selbst eingelegt hatte. Tim schenkte ihr eine kleine alte Spieluhr mit einer romantischen Melodie. Anna schenkte ihr ein selbst genähtes Kopfkissen. Darauf, in einem Herzen, Tinas Name eingenäht. In Wahrheit war es jedoch Tims Geschenk. Er mochte Tina nämlich mehr, als er zugeben wollte. Nur Anna wusste davon. So tauschten sie einfach kurzerhand ihre Geschenke. Doch Tims gerötete Wangen hatten ihn womöglich längst verraten. Tina lächelte nämlich so geheimnisvoll.
An diesem Septembergeburtstagsnachmittag aßen die 3 Kinder gemeinsam die herrlichen Plätzchen und erzählten sich viel und lachten heiter. Bald schlug Anna vor, Verstecken zu spielen. Der Ort war auch schnell gefunden: in der alten, großen Villa, die verlassen am Waldrand stand, gar nicht so weit von Tinas Haus entfernt.
So richtig wohl war ihnen nicht dabei, in dieses alte Gebäude zu steigen. Doch gerade das machte seinen Reiz aus, dort zu spielen. Sie stiegen durch ein kaputtes Fenster ein und schauten sich um. Es war sogar noch zum Teil möbliert. Die Familie solle vor Jahren wohl sehr eilig ausgezogen und ins Ausland gezogen sein, meinte Tim. Doch warum, konnten sich die drei nicht erklären. Jedenfalls war es wunderbar zum Versteckspielen. Es gab lange Flure und viele Zimmer und vom Schützenfest

kam laute Musik herüber. So konnte man nicht jeden Schritt und Mucks des anderen hören.
Es machte das Versteckspielen viel spannender und schwieriger.
Tim drückte Tina einen Bonbon in die Hand und lächelte. Tina lächelte zurück.
Ihr Augenaufschlag machte Tim ganz verlegen. Damit sie es ihm nicht ansah, drehte er sich schnell zur Wand, hielt sich die Hände vor den Augen und begann zu zählen.
Die beiden Mädchen flitzten in verschiedene Richtungen.
Sie hatten viel Zeit, schließlich zählte Tim laut bis 100.
Anna hatte sich in einem der Schlafzimmer unter dem Bett versteckt und überlegte noch, ob sie sich nicht doch noch schnell ein anderes Versteck suchen sollte, denn es war doch etwas staubiger unter dem Bett, als sie vermutet hatte.
Tina stieg die Treppen hinauf, bis auf den Dachboden.
Sie sah sich um und ihr fiel sofort der massive Holzschrank auf, mit seinen großen, breiten und schweren Schubladen, wovon eine bereits leicht geöffnet war. "Darin findet mich keiner!", dachte sie noch und lächelte siegessicher! Sie zog leise und mit viel Kraft die schwere, untere Schublade auf, legte sich hinein und ruckelte so lange hin und her, bis die Schublade fast geschlossen war. Als sie glaubte, jemanden zu hören, ruckelte sie vorsichtshalber noch mal.
Tim suchte instinktiv unter dem Bett und hatte Anna somit auch gleich schon gefunden.
Anna schmollte: "Oh, ne! Warum guckst du auch gleich unters Bett?"
Darauf Tim: "Und warum suchst du dir nicht mal ein anderes Versteck?"
"Hab ich doch!" Beide lachten. Dann suchten sie gemeinsam nach Tina.
Sie kamen die lange Treppe zum Dachboden hinauf, stießen vorsichtig die Türe auf und standen auch schon gemeinsam neben dem Schrank, wo Tina war. Sie blieb ganz leise, wurde es in der Schublade auch ziemlich

schnell sehr stickig. Also länger als 2 Minuten würde sie es darin nicht aushalten, dafür war die Lade zu dicht verschlossen und zu wenig Luft darin. Deshalb musste sie aufpassen, dass man ihr inzwischen schon leises Hecheln nicht hörte. Außerdem war es rabenfinster in der Schublade. Sie wollte aber die Spannung vollends auf die Spitze treiben. Mit dem Bonbon im Mund und dem Papierchen zwischen den Fingern reibend, dachte sie an Tim und ihr Herzchen klopfte schneller.

Während es in der Schublade ziemlich schnell immer wärmer und stickiger wurde, dachte sie erneut vorfreudig: "Hier findet mich niemand!"

Anna und Tim standen noch mit dem Rücken zur Schublade und sahen sich um.

Dann rannten sie eilig hinunter, in die unteren Etagen. Sie waren verwundert und machten sich jetzt doch etwas Sorgen. Dann hörten sie die laute Musik des Schützenfests und begannen erleichtert zu lachen. Tim sagte aufgeregt: "Tina ist ganz sicher aufs Fest gegangen! Komm, die haben wir gleich!" Und schon rannten sie zum Fest und suchten sie. Anna vermutete: "Sie ist bestimmt beim Süßigkeitenstand, Du kennst sie doch!" Tim erwiderte: "Oder am Würstchenstand." Und so liefen Sie einer Vermutung der anderen nach. Doch Tina war nicht zu finden. Es war schon eine knappe Stunde vergangen, da trafen die Kinder erneut in der Villa ein. Tim rief als erster nach dem Mädchen: "Tina, wenn Du da bist, komm bitte raus. Du hast gewonnen." Anna forderte mit einer Mischung aus Wut und Sorge in der Stimme: "Der Spaß ist jetzt wirklich vorbei, komm jetzt endlich raus!"

Tim kam ein Einfall und legte zuversichtlich seine Hand auf Annas Schulter:

"Vielleicht ist sie nach Hause gegangen als wir sie auf dem Fest gesucht hatten! Lass uns zu ihr gehen. Sie ist bestimmt zuhause und lacht uns gleich aus, wenn wir kommen!"

Es war schon später Abend geworden, da saßen Tim und Anna besorgt in Tinas Wohnzimmer und Anna wischte sich Tränen aus ihrem angespannten Gesicht. Auch Tim war verzweifelt und fassungslos. "Wo steckt sie bloß?", fragten sie sich immer wieder.
Ihre Eltern suchten währenddessen auf dem Schützenfest und fragten jeden, den sie kannten. Doch niemand hatte das Geburtstagskind gesehen.
"Vielleicht ist ihr etwas in der alten Villa passiert?", stieß Tinas Mutter aus. "Ach, was soll denn da passiert sein? Das hätten die Kinder doch bemerkt!", erwiderte Tinas Vater. Aber das beruhigte die Mutter nicht. Und so gingen die Eltern mit Taschenlampen ins alte Gebäude, riefen nach ihr und durchsuchten jeden Raum, sahen unters Bett, sogar in die großen, alten Kleiderschränke! Doch Tina war nicht zu finden. „Vielleicht ist sie schon zuhause und wir suchen hier und machen uns verrückt!“, brummte der Vater.
Schnell liefen sie zurück nach Hause, doch Tina war nicht, wie erhofft, Heim gekehrt.
Nur Tim und Anna saßen verweint im Wohnzimmer.
Tina hatte Recht: In der großen Schublade, welche man nur von außen wieder öffnen kann,
da findet sie niemand.

ENDE

Marthas Wünsche

Die kleine Martha hockte an einem dunklen, frühen Herbstabend vor ihrem Fenster und sah dem wilden Treiben des Wetters zu. Es regnete stürmisch und es heulte und pfiff der Wind. Den ganzen Tag schon durfte sie deshalb nicht raus, weil die Mutter Sorge hatte, dass die kleine Martha sich erkälten könnte.

Aber Martha liebte doch den Regen so sehr. Ihre Mutter aber sagte, dass sie sich heute mal zu Hause beschäftigen sollte. Sie könne doch Hausaufgaben machen, etwas spielen oder lesen.
Freilich hatte Martha doch den Tag damit verbracht, zu lesen, zu spielen und ihre Hausaufgaben zu machen! Und doch blieb noch viel zu viel Zeit vom Tag übrig und deshalb kniete sie auf dem alten Wäschekorb, der unter dem Fenster stand. Sie schaute betrübt, wie wundervoll der Regen, beinahe eimerweise aus den Wolken kam. Ihre Gedanken tobten dabei in ihrem kleinen Kopf beinahe ebenso munter, wie der kalte Herbstwind draußen vor ihrem Fenster.

Sie überlegte, wie schön es wäre, ein Hund zu sein: "Ach, ich wäre so gern ein kleiner Hund, denn dann könnte ich immer draußen herumlaufen. Auch bei Regen! Das wäre so toll! Ach nein," überlegte sie, "ein Hund zu sein, ist doch nicht so schön! Ich müsste ja dann den ganzen Tag auf meinen Pfoten laufen. Und in meinem gemütlichen Bett schlafen, dürfte ich dann auch nicht mehr!" Nein, nein, das mit dem Hund werden wollen, hatte sich damit vollkommen erledigt.

Die kleine Martha überlegte weiter, wie schön es doch wäre, eine kleine Katze zu sein. Am besten eine kleine Katze, bei ihrer Oma Uli. Denn Oma Uli war so lieb und immer freundlich und gut gelaunt und gab ihren Katzen immer gute Teile vom Essen ab und nicht nur die Reste.

Das gefiel Martha. Doch dann bekam sie Bedenken ... Denn auch als Katze müsste sie den ganzen Tag auf den Pfoten laufen. Und diese ständige Fellpflege! Nein, nein, das war wirklich nichts für sie.
So schön das auch gewesen wäre, den ganzen Tag faul im Katzenkörbchen liegen zu können.
Und außerdem, so überlegte sie, schmeckten ihr doch gar keine Mäuse!!! Denn ihr Lieblingsgericht waren doch Nudeln mit Tomatensauce ... hmmm … und duftende Apfelpfannkuchen mit vielen saftigen Apfelstücken drin. Das gäbe es als Katze natürlich nicht mehr. Somit hatte es sich mit dem Katze sein wollen, ebenfalls vollkommen erledigt.
Dann überlegte sie, dass es als Hase auch fein wäre. Denn Hasen sind überall gerne gesehen und beliebt. Man denke nur mal an Ostern! Und jeder findet Hasen überaus niedlich und sie würde obendrein immerzu gestreichelt werden. Sie überlegte und fand, dass ihr das schon ziemlich gut gefallen würde; schön gemütlich auf Mamas Schoss zu liegen, die flauschigen Pfötchen von sich gestreckt und ihre Mutter würde sich dann sicherlich gerne etwas Zeit für sie nehmen und sie ausgiebig streicheln und ihr die langen, schnuffeligen Hasenohren, die man auch Löffel nennt, inständig glattstreichen.
Doch dann kamen ihr Einwände. Denn Hasen können nicht sehr gut sehen. Und eine Brille tragen, das kam für sie nicht in Frage! Auf keinen Fall!
"Komisch," dachte die kleine Martha, "Hasen haben so schlechte Augen, obwohl sie so viele Möhren fressen! Das verstehe ich nicht." Nein, nein, da war es mit dem Hase werden, auch schnell erledigt.

"Aber ein Igel zu sein, das wäre doch toll.", dachte sie laut nach! Sie wiederholte es noch mehrmals laut und übermütig, dass sich schon beinahe vor Freude ihre quitschige Stimme vor Freude überschlug. Es gab keinen Zweifel mehr!

13

Sie war von dieser Idee vollkommen überzeugt. Ein Igel zu sein, das schien ihr wunderbar! Und wenn sie keine Lust hätte, irgend etwas zu machen, könnte sie sich einfach einigeln und keiner käme an sie heran, denn die Stacheln würden sie beschützen. Aber dann fiel ihr ein, dass Igel nicht besonders schnell sind. Und über die große Hauptstraße zu gehen, wäre wahnsinnig gefährlich und sie hatte doch so große Angst im Straßenverkehr. Nein, nein, das mit dem Igelsein, das verwarf sie schnell wieder. Das war wohl doch nichts für sie!
"Aber ein fröhlich zwitschernder Vogel zu sein, das wäre doch so schön!", schwärmte Martha. Aber wenn sie zu Hause in einem Käfig wohnte, wie sollte sie da jemals allein herauskommen, wenn ihr danach wäre?
Und schönes Regenwetter, könne sie dann auch wieder nur vom Fenster aus sehen. Nein, nein, das war also auch nichts für sie. Sie müsste also etwas anderes werden. Vielleicht ein kleiner Regenwurm!? "Oh, ja", begann schon Martha zu schwärmen! "das wäre doch ganz sicher das Richtige für mich. Warum bin ich denn da nicht schon eher darauf gekommen?"
Ja, das war eine gute Frage, denn sie liebte doch den Regen so sehr, wie wohl kaum ein anderes Mädchen in der ganzen großen Stadt. Naja, und sie hieße dann sogar mit Vornamen Regen und mit Nachnamen Wurm.
Sie stellte sich schon vor, wie die Tiere sie grüßen würden: "Guten Morgen, Frau Wurm!", und sie dann etwas verlegen erwidert:
"Ach, Sie können mich ruhig Regen nennen."
Ja, das freute sie und sie schmunzelte schon und freute sich, über diese großartige Idee. Und wenn es stürmt und regnet, könnte sie einfach den Kopf in die Erde stecken und unter eine Pflanze kriechen.
Doch die Heiterkeit verschwand schnell aus ihrem Gesicht! Denn unter der Erde, unter Pflanzen, war es doch so schrecklich finster! Und Dunkelheit, war ihr fürchterlich unheimlich. Außerdem würde sie da Dreck in die Augen kriegen und sie dachte dabei an den letzten

Ostseeurlaub, wo sie 2 Tage lang ein Sandkorn am Auge hatte.
Nein, nein, das mit dem Regenwurm werden, das war also auch nichts, bemerkte sie betrübt.
Dann klopfte es an ihrer Zimmertür: "Martha, komm Essen!", rief ihre Mutter.
Martha fragte wenig erfreut: "Was gibt es denn?"
Und sie rief darauf lauter: "Mama, was gibt es denn heute?" Ihre Mutter antwortete melodisch: "Pfannkuchen, Schätzchen! Apfelpfannkuchen!"
Martha traute ihren Ohren kaum! Apfelpfannkuchen? Das war doch ihr Lieblingsgericht!!!
"Ach," entschied sie, "ein Mensch zu sein, ist doch immer noch am schönsten."

ENDE

Mein Pferd

Ich hatte mal ein Pferd,
das hatt´ ich sehr verehrt.
Es war groß und schön
und ergötzlich anzuseh´n.
Großen Kopf und kleine Ohren,
roch nach Heu aus allen Poren.
Ich striegelte und pflegte,
umsorgte es und hegte.
Es glänzte stets, von Kopf bis Huf,
genoss so außerordentlichen Ruf.
"Ach, mein Pferdchen, schön und stark,
trifft es mich doch tief ins Mark,
dass ich mit Dir niemals trabe,
weil ich Angst vorm Reiten habe."

ENDE

Die 2 Prinzen

Es war einmal ein König, der hatte eine Frau; die von allen geliebte Königin. Sie war stets sanft und in ihren Urteilen mild. Sie hatte selbst lange ein schweres Los zu tragen.
Sie war viele Jahre lang traurig. Denn der König brauchte einen Nachfolger, einen Prinzen! Denn wer sollte sonst der zukünftige König werden, wenn sie mal alt sei? Doch die Jahre vergingen und die Königin hatte noch immer kein Kind bekommen.
Es hatte sich schon überall herumgesprochen und so klopften immer wieder Gaukler, Wahrsager, Druiden, Narren, Spielleute und andere, die der Königin helfen, oder zumindest ein paar Taler aus der königlichen Kasse verdienen wollten. So klopfte auch eines Tages eine junge Kräuterfrau an den Toren. Sie war nett anzusehen, freundlich und hatte die richtigen Worte auf der Zunge. Die Königin traute ihr sehr rasch. "Dieser Trunk wird Euch helfen, dass Ihr dem König schon sehr bald zwei Nachfolger schenkt!" "Ach, seufzte die Königin: "Ein Sohn würde doch schon reichen!" Sie roch erstaunt an dem Fläschchen: "Und das wird gewiss helfen?" "Aber natürlich, Eure Hoheit!" Und so ließ sie sich in gutem Glauben darauf ein, den rosafarbenen Inhalt aus der kleinen Flasche zu trinken. Er roch nach Waldmeister und schmeckte herrlich nach frischen, süßen Kirschen.
Diese freundliche Kräuterfrau wusste wohl sehr gut, was ihre empfindliche Kundschaft ansprach.
So verließ das Kräuterweib den Hof, nickte der Königin noch ein mal zuversichtlich zu, welche ihr erwartungsfroh und glücklich von der königlichen Terrasse entgegenlächelte.

Gleich hinter den Toren, wo niemand mehr das Kräuterweib sehen konnte, fiel all der Glanz und Freundlichkeit von ihr. Ihre Haare wurden pechschwarz, ihre Nägel lang und schmutzig, eine lange Nase bekam

sie und einen Gesichtsausdruck wie 10 Tage Regenwetter mit Donner und mit nassen Strümpfen spazieren gehen! "Das war aber knapp! Ich muss wohl die Rezeptur ändern. Der Zauber hielt nicht so lange, wie ich dachte. Um ein Haar, hätte ich mich noch im Schloss zurückverwandelt."
Die Hexe bekam nach und nach ihre gewohnte lange Nase und Warzen wieder, ihre alten Zähne und ihre Haut wurden wieder faltig und schmutzig. "Das schöne Kleid verderb´ ich mir noch mit diesem dreckigen Leib." Sie zog das Kleid sorgsam aus, entnahm ihre lumpige Kleidung aus einem Gebüsch und zog sie gleich an. Sie hob noch kurz den Saum und schlüpfte wieder in ihre alten Schuhe. Sie hielt kurz inne, dachte an die Königin, die ihr so leicht auf den Leim gegangen war und grinste fies dabei. Was hatte sie vor? Gar etwas Böses? Das Grinsen ließ nach und sie warf die Taler der Königin verächtlich in eine Pfütze und stapfte mit böse gellendem Lachen dahin, woher sie gekommen war.

Und der Trunk tat seine Wirkung! Denn an einem dunkelgrauen Tag im Mai, gebar die Königin hübsche Zwillinge. Igor und Iwan.
Der König lud das ganze Dorf zur Festlichkeit ein. Die Tische bogen sich wegen der vielen Köstlichkeiten, es gab bis in die Nacht, Tanz und Musik.

Die zwei jungen Prinzen hatten von der Wiege an, stets das bekommen, was der andere auch bekam. So wurde vermieden, dass sie sich zankten. Und sie wuchsen und wuchsen, jeder von ihnen bekam sein eigenes Pferd, sie lernten Reiten und mit dem Bogen zu schießen. Beide bekamen kostbare Schwerter, die sämtliche Kunstfertigkeit des Schmieds erfordert hatte und lernten damit zu kämpfen. Bekam der eine, ein neues Gewand, bekam der andere auch eins. So gab es nie Streit. Sie wurden schöne, junge Männer. Der König hielt sie möglichst von allen jungen Frauen fern. Keine war ihm

gut genug, für seine Zwillinge. Sie verbrachten jede Minute zusammen. Igor und Iwan waren unzertrennlich und es passte kein Blatt Papier zwischen die beiden.
Bis ihnen eines Tages, wie zufällig, eine wunderschöne junge Frau über den Weg lief.
Die Prinzen kamen gerade vom See, wo sie wieder mal, wie Wilde, gutgelaunt rumgetobt hatten. Als die Prinzen vom hohen Gras auf den Pfad sprangen, erschrak sich die junge Frau, fiel vorn über, auf den Boden und ihre Lebensmittel rollten aus ihrem Korb.
Die beiden halfen prompt, hoben ihre Sachen auf und beiden fielen ihre wunderschönen Augen auf. Doch sie waren von ihrer Schönheit zu eingeschüchtert und sagten rasch:
"Dann einen guten Weg noch, werte Maid!", worauf sie plötzlich schmerzhaft ihr Gesicht verzog: "Aua...!" "Darf ich Euch helfen? Komm Igor, wir bringen sie nach Hause."
Und so erzählte sie, dass sie Milena hieß, von weit her kam, auf dem Weg zu ihrer Großmutter war und machte beiden Prinzen schöne Augen. Und sie humpelte und ließ sich von ihnen stützen, bis sie auf einem weichen, samtbezogenen Stuhl abgesetzt wurde.
"Hast Du gesehen, wie sie mich immerzu ansieht. Ich glaube ich bin verliebt!"
"Bruder, Ihr irrt! Sie hat stets meine Blicke gesucht!" Und sie gerieten in einen fürchterlichen Streit, wer von ihnen diese Schönheit zur Braut nehmen würde.
So eilten sie zu ihrem Vater, der ungerührt auf seinem Thron saß und klagten übereinander, wer sie zur Braut nehmen dürfe. Der König entgegnete ihnen gelassen:
"Beruhigt Euch! Ich habe Euch schon erwartet."
Und so besprachen sie sich und kamen fröhlich zur zukünftigen Braut gehüpft, die doch etwas irritiert schien.
"Mein verehrter Bruder, ich lasse Euch den Vortritt!"
"Aber nein, ich bitte Euch! Ihr habt eine solch´ wunderschöne Braut viel eher verdient als ich!"

"Iwan, nicht so bescheiden! Ihr seid es doch gewesen, der ihr sofort zu Hilfe gesprungen war!"
Und Milena vergriff sich im Ton: "Nun ist´s aber gut!", senkte den Ton und aß in Gedanken 2 Stücke Kreide: "Dürfte ich mir vielleicht einen Prinzen aussuchen?" Und sie sah Iwan schmeichelnd an, worauf dieser sagte: "Dies ist gänzlich unüblich, aber nun gut! Wie könnte jemand einer so schönen, jungen Frau eine Bitte ausschlagen?! Nicht wahr Bruderherz?"
"Oh ja, Iwan! Wie recht Ihr habt!"
Und Milena entschied sich schnell für Iwan und in Windeseile, nämlich schon am nächsten Tag, sollten die Hochzeitsglocken läuten. Der König bestand allerdings darauf, dass nur ein kleiner, privater Kreis anwesend sein sollte. Er wolle sein Volk überraschen und vor vollendete Tatsachen stellen, da dies ja keine standesgemäße Hochzeit sein würde. "Mein Sohn, der Prinz und Du, eine einfache Frau aus dem Volk... das verstehst Du doch, oder?"
"Aber gewiss´, mein König!", versicherte Milena. "Ich habe ein Zimmer für Dich herrichten lassen. Bis morgen wird Euer Schlafzimmer fertig sein. Und Du wirst das Hochzeitskleid meiner Mutter tragen. Das wird Dir passen!" "Es ist mir eine Ehre."

Am späten Abend, nahm der König einen berühmten Druiden, einen echten Hexer an einem der Nebeneingänge in Empfang.
"Guten Abend, Eure Hoheit!" , und verbeugte sich. "Psst! Nicht so laut", flüsterte der König streng. "Kommt herein!" Sie besprachen sich bis tief in die Nacht.
Der Hochzeitstag begann recht ruhig. Die Königsfamilie saß versammelt beim späten Frühstück. Der König befahl, dass alle länger im Bett bleiben sollten, damit die Dienerschaft in Ruhe und zügig die Hochzeitsvorbereitungen erledigen konnten. Es wurde königlich aufgetischt; Gemüse, Obst, Geflügel und Fleisch. Und Iwan schien heute wie ausgewechselt.

Er aß sämtlich ohne Besteck. Sogar das fettige Geflügel! Und er wischte seinen Mund zwischendurch mit seinem feinen Hemdärmel ab und schmatzte, wie es sich kaum die Schweine auf dem königlichen Hof erlaubten. Der König verkniff sich das Schmunzeln. Milena jedoch fragte irritiert: "Wie wird Euch, mein Prinz?! Wie wird Euch? Wie ist Euer Befinden? Ist Euch nicht wohl?"

Doch dieser lehnte sich zurück, strich sich mit seinem Ärmel, in einem Ruck über den Mund, dass ein paar Essensreste am Ärmel verblieben und prahlte: "Ah, so viel habe ich noch nie in meinem Leben gegessen. Wie soll mir sein, mein Schäfchen? Mir ist sehr wohl in meinem Leibe." "Ich dachte, Euch sei nicht wohl, als ich Euch so schlingen sah." Doch der Prinz winkte ab: "Wie soll einem Mannsbild anders sein, als hervorragend, wenn er sich den Wanst vollgeschlagen hat?" , lachte er übertrieben laut und stieß unromantisch auf. Und es schwelte langsam aber absolut nicht leugbar, aus seiner Richtung, ein Mief unter der Tischdecke hervor. Alle drehten ihren Kopf zur Seite und nach hinten, sahen Richtung Fenster und taten so, als hätten sie es nicht bemerkt und wollten sehen, wie das Wetter war.
Ein Diener bemühte sich, teilnahmslose Gesichtszüge zu wahren, doch eilte bald in die Küche: "Ich glaube ich habe noch etwas vergessen!" Der König lachte: "Geh´ nur Rasmus! Lass Dir Zeit." Und alle lachten am Tisch. "So Kinder, nun macht Euch fertig, es wird gleich Hochzeit gehalten, in unserem kleinen Saal. Der Bischoff wird Euch trauen."

Milena ließ sich von den Dienerinnen helfen, das Hochzeitskleid anzuziehen. Doch, es ging ihr nicht schnell genug: "Beeil Dich gefälligst. Und keine Widerrede! Verstanden?!", zischte sie finster. "Sobald ich Prinzessin und dann Königin bin, herrscht hier ein anderer Wind. Gewöhn Dich schon mal dran."

Der Saal war hergerichtet und inzwischen waren die besten Freunde und engsten Verwandten anwesend und es konnte Hochzeit gehalten werden. Iwan und Milena standen auf einer Estrade, also, wie auf einer kleinen Bühne und der Bischoff fragte beide, ohne sie beim Namen zu nennen, ob sie Mann und Frau werden wollen, bis dass der Tod sie scheide! Beide bejahten. "Was Gott zusammengefügt hat, soll der Mensch nicht scheiden. Somit erkläre ich Euch zu Mann und Frau."
Das Publikum klatschte und klatschte und Milena lächelte künstlich! Dann dachte sie: "Oh nein, der Zauber lässt nach!!!" Und so, fiel nach und nach all der Glanz von ihr. Ihre Haare wurden pechschwarz, ihre Nase wurde lang, krumm und mit einer dicken, fiesen Warze oben drauf, sie alterte um 20 Jahre und es dauerte nicht lange, da war aus der wunderschönen, jungen Milena, eine alte, unansehnliche und böse Hexe geworden. Sie hatte es befürchtet, dass der Zaubertrank nicht lange hält, aber da nun jeder erkannte, wer sie war, nahm sie es nun, wie es gekommen war und trumpfte auf! Sie rief laut zu den Gästen: "Mein schnuckeliger Prinz, nun bin ich eine echte Prinzessin!" Und noch bevor sie weiter ausholen konnte, sah sie, dass ihr eben noch schöner, junger Prinz, immer kleiner, älter und hässlicher wurde. "Was passiert mit Dir mein schöner ... mein, mein Prinz?"
Und aus dem schönen Prinzen, wurde der alte, derbe Tagelöhner Feodor. Der ständig von üblem Gestank begleitet wurde, der pupste und rülpste.
"Nein, nicht Feodor, dieses alte Furzkissen!" , schrie sie entsetzt!" Wo ist denn mein Prinz?"
Die Gäste lachten und lachten und als sich endlich der echte Iwan zu erkennen gab, er saß die ganze Zeit im Publikum, verkleidet, mit Bart und Hut, machte der König eine kurze Geste und das Publikum beruhigte sich: "Das hattest Du Dir fein ausgedacht, Du Hexe, Du Freundin der Finsternis!"

Die Hexe, die noch immer nicht glauben konnte, wen sie da eben geheiratet hatte, sagte verwirrt: "Aber woher wussten Euer Hoheit, dass ich es war?"
"Als Du beim Druiden Deine Kräuter gekauft hattest, hatte er mich sofort in Kenntnis gesetzt. Da war mir gleich klar, dass Du dahinter steckst. Dafür wirst Du Deine gerechte Strafe bekommen, Du hinterhältige Schlange!"
"Verschont mich, denn eines wisst ihr noch nicht!", versuchte sie sich zu retten.
"Schweig!", brüllte der König. Natürlich weiß ich, dass Du damals meiner Frau, der Königin, den Trank gegeben hattest, worauf sie endlich Prinzen gebar. Das werde ich bei meinem Urteil berücksichtigen. Auch wenn Du es nur für Deine hinterlisten Pläne gemacht hattest.
Die Hexe weinte ein paar kümmerliche Tränen: "Welche Strafe erwartet mich jetzt, Eure Hoheit. Ich bitte um Milde!"
"Du kriegst die für Dich höchste Strafe." Das Publikum raunte erschrocken.
"Sieh Dir Deinen Gemahl an. Er freut sich, dass er von heute an, Dich zur Frau hat.
Die Hexe flehte: "Euer Hoheit, ich bitte demütigst darum, werft mich lieber 20 Jahre in den Hungerturm, als zu diesem stinkenden Lumpensack"
Der König winkte ab: "Oh nein, Du hinterlistige Schlange. Du wirst ihm Zuhause eine gute Frau sein, ihm waschen, putzen und Essen machen und es mit ihm aushalten. Dies ist für Dich wahrlich Strafe genug. Das Urteil ist gefällt, nun darf gefeiert werden. Auf meine zwei prächtigen Söhne, auf dass sie bald ihre Prinzessinnen finden."
Die Hexe schlich sich an die gedeckte Tafel um sich an den Köstlichkeiten zu vergreifen.
Da fauchte der König:
"Du Hexe, nimmst Du wohl Deine Griffel vom Essen? Du kannst in die Küche gehen und Dir ein Brot schmieren und dann den ganzen Nachmittag Geschirr spülen und

putzen! Danach erwartet Dich Dein Mann Zuhause. Er freut sich sicherlich schon. Nicht wahr, Feodor?"
Worauf dieser sagte: "Und wie ich mich schon freue, Euer Hoheit!"
Die Hexe kräuselte angewidert die Nase: "Ja, Du freust Dich. Man riecht es schon!"
Und wenn sie nicht gestorben ist, macht sie beim alten Feodor noch immer den Haushalt.
Mit oder ohne Wäscheklammern an ihrer langen Nase.

ENDE

Jetzt NEU! Das Kinderbuch für kluge Kinder und Erwachsene!

Karli der Vagabund

Karli war ein großer Junge, ein Streuner, ein Lausebengel, ein Rumtreiber.
Er streunerte schon lange Zeit durch die Lande. Ein festes Zuhause hatte er nicht. Er war irgendwann mal aus einem Kinderheim ausgebüchst und seither hatte er kein Heim mehr von innen gesehen.
Er hatte beschlossen, seine Tante aufzusuchen, um bei ihr zu wohnen. Er hatte im Heim oft von dieser angeblichen Tante erzählt, dass sie ein riesiges Haus mit viel Land besäße, auf denen Apfelbäume wüchsen, welche Äpfel, so groß wie Kochtöpfe trügen.
Und sehr wohlhabend soll sie auch gewesen sein!
Natürlich glaubte ihm niemand. So einem wie Karli, glaubte man nicht mal wenn er die Uhrzeit sagte. An seiner Nasenspitze glaubte man zu erkennen, wenn er mal wieder eines seiner Märchen erzählte.
Eines Nachts, schlich er aus dem Heim und kehrte nie wieder zurück und genoss von da an, sein Leben in Freiheit. Ab und zu hatte er mal eine Begleitung, welche ebenfalls aus einem Heim oder von Zuhause weggelaufen war. Die meiste Zeit verbrachte er aber allein.
Karli hatte eine Schwäche: Faulheit! Er war wirklich faul. Fürchterlich faul. Stinkefaul!
Den ganzen Vormittag lag er im Gras, kaute auf einem Halm und schaukelte mit seinen übereinander geschlagenen Füßen. Er war sogar oft zu faul, sich Essen zu besorgen.
Er raffte sich dann doch irgendwann mal auf, gähnte wie ein alter Maulesel, streckte seine Glieder und machte laute Anstalten. Dann schlich er sich irgendwo heran und stibitze etwas Essbares. Einmal saß der strenge und angesehene Bürgermeister eines Ortes mit einer deutlich jüngeren Dame beim Picknick auf einer Wiese.

Der Bürgermeister sah sie lange hypnotisierend-lächelnd an, bis sie sich lange küssten und mit geschlossenen Augen, verliebt, ihre Nasen aneinander rieben. Karli schlich sich an die beiden heran, streckte sich, hob

seinen Arm über das gnädige Fräulein - sie hätte eigentlich seinen Atem im Nacken spüren müssen - beinahe Stirn an Stirn mit dem Herrn Bürgermeister und nahm sich einiges aus deren reich gefüllten Korb.
Aber er nahm nicht alles! Schließlich wollte er ihnen ja nicht das Prandium, also das Frühstück im Freien, verderben.
Während er weglief, aß er immer schon soviel auf, wie er konnte. Für den Fall, dass er mal geschnappt würde, hätte er wenigstens etwas im Magen und die Tracht Prügel, die er dann bekäme, wäre nicht ganz umsonst gewesen.
Er flitzte einige hundert Meter und warf sich ins hohe Gras. So war er in Sicherheit.
Er faltete seine Hände, betete brav, entschuldigte sich beim lieben Gott für den Diebstahl und dass alles gut gegangen war.

Der Sommer hatte seinen Höhepunkt erreicht und Karli stand eines Tages, so hörte man jedenfalls über ihn, vor dem Haus seiner reichen Tante. Er wollte schon anklopfen, da sei just in dem Augenblick ein Goldgräber vorbeigetrabt, auf einem alten Gaul, mit noch älterem Pferdewagen.
Nach Gold graben ... das klang nach Abenteuern!
Aber die Äpfel von der Tante, die so groß waren wie Kochtöpfe ... das klang auch nicht übel. Hungern hätte er jedenfalls nicht müssen. Und so oft Essen stehlen, natürlich auch nicht, denn die Tante hatte ja viel Geld. Und ständig dem lieben Gott zu versprechen, nicht mehr zu klauen, wo er doch genau wusste, dass er das nicht einhalten konnte, gefiel ihm auch nicht so gut.

Also, Goldgraben oder unter die Fittiche der reichen Tante?

Nun, man erzählte sich, dass Karli sich einen der besagten Äpfel unter den Arm genommen hatte und dem lahmen Pferdewagen nachlief, bis nach Amerika. Leider habe dort niemand diesen riesigen Apfel je gesehen, denn Karli hatte ihn ja schon unterwegs aufgegessen.

ENDE

Das Geschenk

Oma Franzi hatte ein Antiquitätengeschäft mit ganz vielen tollen Sachen.
Wertvolle Möbelstücke, altes Porzellan und Glas in allen Formen, kostbare Metallwaren, edle Teppiche aus dem Orient und vieles mehr aus den vergangenen 300 Jahren. Es war also von hinten bis vorne ein Geschichtsbuch zum Anfassen.
Oma Franzi hatte eines Tages im Lager eine Kiste in der Ware drinnen war geöffnet und nahm eine schöne, etwa 40 cm hohe Frauen-Skulptur heraus. Zwei alte Damen, die auf einer Bank sitzen und sich angeregt unterhalten. Sie hielt sie musternd in ihren erfahrenen Händen und nickte zufrieden.
Sie fand auch gleich einen passenden Platz für diese seltsame Marmor-Skulptur; gleich links auf der Vitrine neben der Kasse.
Während Oma Franzi noch am Vormittag viel zu tun hatte und besonders am frühen Nachmittag, als langsam Ruhe einkehrte, hatte sie ständig das Gefühl, dass noch Kundinnen im Laden waren.
Sie schaute sich im Laden um und ging sogar hinten ins Lager, doch es war niemand dort. Dann hörte sie, dass wieder Stimmen vorne aus dem Laden kamen. Sie eilte hin, doch es waren keine Kunden da.
Sie stand vor ihrem Tresen, steckte ihre Hände in die Taschen und schaute grübelnd über den Laden.
Dann bemerkte sie, dass sich gleich hinter ihr zwei Damen unterhielten.
Oma Franzi schielte vorsichtig nach hinten und drehte dabei mehr und mehr ihren Kopf, bis sie auf die Marmorskulptur sah und ihr ein erstauntes „Na so was!", aus dem Mund fiel.
Diese beiden Frauen waren es also, die sich schon den ganzen Vormittag ohne Pause unterhalten hatten.
Sie grüßten freundlich „Hallo!" und redeten unbekümmert weiter.

Oma Franzi grüßte die beiden alten Damen freundlich zurück und es entwickelte sich eine stundenlange Unterhaltung, die sie nur unterbrach, wenn Kunden in den Laden kamen.
Was aber den beiden Damen nichts ausmachte, denn sie plapperten einfach ohne Punkt und Komma weiter.
So kam Oma Franzi leider auch selten zu Wort, da die beiden Frauen ein sehr starkes Redebedürfnis hatten.

Oma Franzi fand es anfangs noch schön, jemanden zu haben mit denen sie sich so angeregt unterhalten konnte. Sie fühlte sich plötzlich gar nicht mehr so einsam.
Am nächsten Tag, sie betrat gerade ihren Laden, hörte sie schon das Gespräch der beiden Frauen.
Das mochte sie gar nicht gern. Denn sie hatte morgens gerne ihre Ruhe.
Aus Höflichkeit erwähnte sie das nicht und machte ihre Arbeit so gut es ging.
Doch auf die Dauer fing sie dieses endlose Gerede der Damen fürchterlich an zu nerven. Sie war froh, als sie am Abend den Laden verlassen und abschließen konnte, um nach Hause zu gehen, wo sie zwar einsam war, aber dafür ihre Ruhe hatte. Noch abends im Bett, grauste es ihr schon vor dem nächsten Morgen.

Am dritten Tag stellte sie sofort nach Ladenöffnung die Skulptur in den hinteren Bereich des Ladens und Oma Franzi hatte inzwischen nur noch aus Höflichkeit genickt und so getan, als würde sie noch zuhören können, was diese beiden alten Quatschtanten zu erzählen hatten.
Doch das störte die beiden gesprächigen Frauen kein bisschen, im Gegenteil, sie schienen nun noch etwas lauter zu sprechen, damit Oma Franzi auch alles laut genug mitbekam.
Am Abend des dritten Tages, kurz vor Ladenschluss, stolzierte Frau Hutnadel vorbei und winkte gekünstelt-freundlich am Schaufenster.

Oma Franzi wusste, dass Frau Hutnadel sie absolut nicht mag. Umso mehr störte es sie, dass Frau Hutnadel auch noch so tat, als sei sie beinahe eine Freundin. Dabei wartete Frau Hutnadel nur auf Gelegenheiten, sich an anderer Leute Leid aufzuziehen. Besonders bei Oma Franzi, die es nun wirklich nicht leicht hatte, ihren Laden alleine zu führen.

Fast täglich, wackelte hochnäsig Frau Hutnadel scheinheilig am Laden vorbei und hatte im Mundwinkel stets eine geringschätzige Bemerkung über alles und jeden parat. Frau Hutnadel ging Franzi auf die Nerven mit ihrer Art und ihrem falschen Getue. Ebenso wie die ewig geschwätzige Skulptur es seit drei Tagen tat.

An diesem Tag also, war Frau Hutnadel mal wieder nur am Schaufenster entlanggegangen, um mit ihrem neuen Mantel anzugeben und ihrer auffälligen Kopfbedeckung, die eine übertrieben große Feder am Hutband kleben hatte.
Als sie vorbeistolziert und nicht mehr zu sehen war, sah man Oma Franzi plötzlich lächeln.
Dann steigerte sich ihr Lächeln, bis es im Laden laut schepperte vor Lachen, wobei sie sich sogar an einem Regal festhalten musste. Mit breitem Grinsen rieb sie sich die Hände und krümmte sich erneut mehrmals vor Lachen.

Am nächsten Tag stand die Skulptur in schönem Geschenkpapier mit Schleife und Grußkarte vor Frau Hutnadel´s Wohnungstür, mit einer ganz besonders freundlichen Widmung und Dank darauf, für Frau Hutnadel´s stete Freundlichkeit.
„Ihre Oma Franzi“

ENDE

"Narr oder König"

Es war ein mal ein König, der nicht lachen konnte. Er war mit den Jahren so griesgrämig geworden, dass er irgendwann nicht mehr lachen konnte. Egal was er auch versuchte, nichts brachte ihm ein Lächeln auf sein Gesicht. Seine Frau verpflichtete allerlei Leute, ihn täglich aufzuheitern und seine wunderschöne Tochter konnte noch so sehr strahlen, wie der hellste und erfüllendste Strahl der Morgensonne, doch er verzog keine freudige Miene. Er war unheilbar verbittert. Sein Volk hatte große Angst vor ihm und war daher sehr gehorsam. Seine Urteile waren gnadenlos, sogar bei Eierdieben und Mundräubern sprach König Vaclav die höchstmögliche Strafe aus. So wurde es recht friedlich, wenn auch ängstlich im Dorf.
Kein Berufsräuber oder Gelegenheitsdieb, traute sich mehr ein krummes Ding zu drehen.
Oft gab es monatelang keinen einzigen Zwischenfall.
König Vaclav war zufrieden. Er sah mit der Zeit als seine Aufgabe an, als Gottesfürchtiger dafür zu sorgen, dass alle friedlich miteinander lebten. Und vor allem, wollte er sich auf keinen Fall aufregen müssen.
Wenn er wieder mal nicht einschlafen konnte und ganz alleine vor dem leeren Hoffenster stand und demütig zu den Sternen hinaufsah, fragte er sich: "Was soll ich denn noch tun, dass ich wieder lachen kann? Ich habe mit harter Hand dafür gesorgt, dass Frieden im Dorf herrscht. Und wehe einer fehlt sonntags in der Kirche, der kommt für 2 Wochen in den Hungerturm bei Wasser und Küchenabfällen!
Nun schenk mir doch bitte, O Herr, mein Lachen zurück."
Und er schlurfte betrübt ins Schlafzimmer, wo schon seine Frau, die Königin, mit einer Taubenfeder auf ihn wartet, um ihn noch durchzukitzeln. So sollte er gut gelaunt einschlafen und möglichst, heiter aufwachen.
Doch es half alles nichts.

An einem späten Morgen, der König saß auf seinem Thron, kamen wie gewohnt allerlei Gaukler, Tänzer, Narren und Witzerzähler. Inzwischen war an diesem Tag schon der 3.Gaukler an der Reihe.

"Ach, das bringt doch alles nichts! Sie geben sich alle zu wenig Mühe. Ich werde sie allesamt in den Hungerturm werfen!"
Alle erstarrten vor Schreck. Der Hofnarr beriet eilig den König und flüsterte ihm zu: "Eure Majestät, vielleicht ist der Anreiz zu niedrig. Ein paar Taler sind zu wenig für eine solche Aufgabe, Euch wieder zum Lachen zu bringen. Ich habe einen Vorschlag." Der König hörte geduldig zu und es entspannten sich seine Gesichtszüge und sprach: "Wer es schafft, mich zum Lachen zu bringen, der darf meine Tochter heiraten und wird König!" Alle jubelten, wenn auch vorsichtig, um den König nicht zu verärgern, weil sie sich freuten, wenn ein neuer seinen Platz einnähme.
Der Hofnarr nickte zustimmend und zufrieden, was sich schon wenige Sekunden später änderte.
"Aber," so drohte er voller Zorn: "wer es nicht schafft und hier meine Zeit vergeudet, der kommt für 3 Monate in den Hungerturm bei Wasser, Brot und Küchenabfällen."
"Ouuuuhhh", raunten die Gaukler voller Furchtsamkeit und es gingen einige rückwärts aus dem Saal, andere versuchten sofort ihr Glück. Im ganzen Land wurde die Nachricht verbreitet, dass der Mann König wird, der König Vaclav zum Lachen bringt. Und nicht Wenige, landeten im berühmten und berüchtigten Hungerturm, in dem es langsam sehr gesellig und eng wurde.
Es versuchten dennoch immer wieder die besten Witzerzähler und Gaukler und allerlei tollkühne Herren und scheiterten. Bis eines Tages ein junger Barde vor den König trat.
Er musterte den König von Kopf bis Fuß und konnte sich das Grinsen kaum verkneifen und schmunzelte, kicherte und fing an zu lachen und hörte gar nicht mehr auf.
Der König war irritiert. Wer wagte es, in seiner Gegenwart von Herzen aufrichtig zu lachen? Sonst standen sie allesamt voller Furcht vor ihm. "Was ist so lustig?", fragte der König.

Doch der Barde konnte kaum Antworten, so sehr lachte er und setzte seine Laute ab. "Sie, Eure Durchgeschlaucht, Sie sind so lustig!"
König Vaclav war verwirrt: "Versteh ich nicht!" , sagte er und sah seinen Hofnarr fragend an. Dieser nickte gekünstelt-zustimmend, aus Sorge, dass der Barde der nächste im Hungerturm wäre.

"Ich werde Euch zeigen, warum ich Euch so lustig finde." , sagte der Barde ohne Scheu. Das beeindruckte den König und er fragte: "Wie heißt Du?" Der Barde verneigte sich: "Meister Otto, Eure Majonäs´!"
Der König runzelte die Stirn: "Na dann mal los, ich warte. Bring mich zum Lachen. Aber wehe .." , drohte er! "Du weißt was Dir sonst blüht!"
Meister Otto nickte: "Das weiß ich, Eure Ausgefaucht!" Und der Barde erklärte, was für seine Aufgabe, König Vaclav zum Lachen zu bringen, notwendig sei.

"Als erstes müssen Eure wohlgeborene Torheit aufstehen und sich die Narrenkleidung anlegen. Ich bin mir sicher, sie passt ausgezeichnet."
Der König war unzufrieden, ob es denn wirklich nötig sei, dieses Kostüm anzuziehen.

Der Barde beruhigte ihn: "Aber Euer Sturheit, ich bitte Euch, Ihr wollt doch sicherlich endlich erfahren, was ich so lustig an Euch finde. Daher bitte ich, dass Euer blau Gesessenes sich aus dem Throne erhebt. Ich kann nur Erfolg haben, wenn Euer Unverfrorenheit bereit ist, mitzumachen."

Der König willigte darauf ein.

Und so saß der Barde auf dem Thron und König Vaclav stand da, in echter Hofnarrenkleidung, auf dem Kopf eine alberne Narrenkappe mit Glöckchen dran und sollte den Hofnarren spielen.

Keiner traute recht seinen Augen, alle hatten großen Bammel lachen zu müssen und konnten dennoch nicht anders, als voller Spannung zuzusehen. Anfangs kam sich König Vaclav noch etwas unpassend in dieser Rolle vor. Die Dienerschaft auf dem Hof, starrte ohne Pause voller Unbehagen, was wohl gleich passieren würde aber staunten auch, was der Barde mit Leichtigkeit aus dem König gemacht hatte, vor dem alle Angst hatten; Eine Witzfigur! Sie erwarteten, dass König Vaclav bemerkte, dass er sich zum Narren machte, doch Vaclav gewann gefallen an seiner Rolle und er lief auch schon ebenso ungeschickt herum, wie der echte Hofnarr, schlug Purzelbäume, wackelte mit dem Kopf, dass die Glöckchen an der Narrenmütze klingelten, hüpfte auf einem Bein und man glaubte, den Anflug eines Lächelns in seinem Gesicht zu sehen. "Ach, ist das schön, wieder so herrlich rumalbern zu können, wie ein Kind!" , jauchzte er. Vaclav fand es auch urkomisch, den falschen König ein wenig zu kitzeln, um ihn aufzuheitern. Doch Meister Otto machte seine Rolle als König Vaclav hervorragend. Er mimte den strengen König und schimpfte, meckerte und urteilte über alles. Als er ein herrliches Stück Erdbeertorte gereicht bekam, rief er streng, die Erdbeeren seien ihm zu rot, er wollte gerne blaue Erdbeeren haben. Doch die gab es nicht. Der falsche König tobte, der Koch solle für 6 Monate in den Hungerturm bei Wasser und Brot. Der echte König amüsierte sich, und schlug einen Purzelbaum vor Freude, wie großartig der Barde ihn nachahmen konnte und es blitzte ein Lächeln auf. "Blaue Erdbeeren, die Erdbeeren zu rot. Und deshalb 6 Monate Hungerturm!", wiederholte Vaclav belustigt. "Barde, ist das nicht etwas übertrieben?" Und König Vaclav schüttelte sich vor Lachen und der Barde, in der Rolle als König, blieb ganz ernst und sagte: "6 Monate sind wirklich übertrieben. Ich will milde sein, er braucht nur 2 mal 3 Monate in den Hungerturm!" , worauf Vaclav kurz nachrechnete und wieder anfing zu lachen, dass die komplette obere Zahnreihe frei lag, wobei er beim Lachen, zugegebener Maßen, immer etwas dämlich aussah.

Doch er lachte, immer lauter und herzerfrischender und alle klatschten und jubelten:
"Hurra, der König lacht wieder!" Ja, und wie schön er lachte! Voller Freude, über sich selbst. Er konnte gar nicht genug bekommen und gar nicht mehr aufhören zu lachen.
Doch keine Sorge, das Lachen verging Vaclav bald kurzfristig, als er sein Versprechen einlösen musste. Der Barde nahm die Krone von seinem Kopf ab. Der König setzte darauf enttäuscht: "Was tust Du da, Barde? Die Krone gehört jetzt Dir!" Doch der Barde schüttelte den Kopf: "Nein, nein! Nur ein Narr wird freiwillig König. Und Euer Hoheit seid der größere Narr von uns Beiden." Und so setzte er dem verblüfften König Vaclav, der noch immer das Narrenkostüm trug, die Krone wieder auf. Alle im Saal erstarrten. Wie würde der König nun reagieren? Würde er den Barden hängen lassen oder für Jahre in den Hungerturm sperren?
Doch der König klatschte plötzlich Beifall. "Großartig!" , rief er und begann wieder von Herzen zu lachen wie ein kleiner Junge. "Wer hätte gedacht, dass ich einen solchen, klugen Schwiegersohn bekommen würde. Lasst alle aus dem Turm frei. Es wird heute noch Hochzeit gehalten!" So nahm König Vaclav links und rechts seine Tochter und den Barden zur Seite, ließ sich feiern und setzte dem Barden die Narrenkappe auf und sagte: "Nur ein Narr würde meine wunderschöne Tochter nicht heiraten! Es liegt nun alleine bei Dir!"
Der Barde überlegte nicht lange, "Ja, ich will!" und warf die Mütze in die tosend applaudierende Menge und das junge Paar küsste sich. Als der erste Kuss hinter ihnen lag, sagte ihm die Prinzessin lächelnd ins Ohr: "Keine Sorge mein Prinz, sobald wir geheiratet haben, könnt Ihr die Narrenkappe gleich wieder aufsetzen." Und sie lachten und küssten sich, bis ans Ende Ihrer Tage.

ENDE

Ina und (k)ein Zauber

Die kleine Ina war die Tochter einer echten Zauberin. Das wusste natürlich niemand.
Und Ina lag krank im Bett. Warum ihre Mutter sie nicht einfach gesund zauberte? Nun ja, sie wollte dem Kind ein gutes Vorbild sein. Ihre Mutter war sehr streng, aber sie meinte es immer nur gut mit Ina. Außerdem sagte sie, dass es wichtig sei, Erkältungen und Krankheiten durchzustehen, bis man wieder vollkommen gesund ist. Dadurch würden Kinder immer stärker und besser geschützt, gegen jegliche Erkältungen und Krankheiten aller Art. Und man solle nicht zu oft der Natur und schon gar nicht dem lieben Gott ins Handwerk pfuschen! Somit blieb der Zauberstab im Schrank!

An diesem Winternachmittag, die Sonne brachte es nur noch zu einem schmalen Streifen am Horizont, begab es sich, dass die Mutter für Ina noch etwas in der Apotheke besorgen wollte.
"Bleib schön im Bett mein Schatz! Und lass ja niemanden rein, hörst Du? Und wehe Dir, Du zauberst!", sagte sie ernst. "Nein, Mama, ich verspreche es!"
Und die Mutter verließ das Haus.

Ina war so hundemüde und fühlte sich gar nicht wohl. Sie war ein wenig eingeschlafen und wurde wach, weil es an der Tür klopfte. Sie hatte jegliches Zeitgefühl verloren. War ihre Mutter jetzt eine Minute oder 10 Minuten fort? Oder gar eine Stunde? Sie schloss wieder die Augen und ignorierte das Klopfen. Dann schnellte sie aus dem Bett hoch und hörte, dass jemand die Tür vorsichtig öffnete. Sie stand auf, ihr Kranksein vergaß sie, zu neugierig und gespannt war sie, wer sich ungebeten Zutritt verschaffte. Da stand doch tatsächlich ein Gauner vor ihr.

Ein viel zu dünner, womöglich hungernder Riese, der Ina eher Mitleid als Angst machte.

Sie wollte ihm gerade sagen, wo es zur Küche geht, da fragte er heiserer Stimmer: "Bist Du alleine?" , und sah sich abschätzend um.
"Ja, aber Du musst sofort wieder gehen, denn ich darf niemanden hereinlassen. Meine Mama kommt gleich wieder und wenn Du dann noch hier bist, kriege ich großen Ärger. Außerdem bin ich krank und muss sofort wieder ins Bett!"
"Hoahahaha!" Der dünne Riese lachte laut und schlug sich dabei auf die Schenkel. Dann hörte er abrupt auf zu lachen und sagte finster: "Aber erst mal nehme ich alles mit, was nicht niet- und nagelfest ist!"
Ina schüttelte den Kopf: "Glaubst Du im Ernst, ich will Deinetwegen Ärger kriegen?"
Ina machte den Stubenschrank auf, nahm den Zauberstab und sagte: " Akra-kacka-kabra, ich fliege aus dem Haus und komme nicht mehr wieder. Simm-Salami-Bimm-Bimm!"
Der Riese lachte laut und schüttelte seinen Kopf: "Falsch, falsch!!! Haha ... so ein dummes, kleines Mädchen! Gib mal her, so musst Du das machen!" , und riss ihr mit verächtlichem Blick den Zauberstab aus der Hand und sprach: "Akrakadabra, ich fliege aus dem Haus und komme nie mehr wieder, Simsalabimm!" , und PUFF, war der Riese weg.
Ina stand da und schüttelte mitleidig den Kopf, legte den Zauberstab zurück in den Schrank und ging wieder in ihr Bett.

ENDE

Der trotzige Birnenbaum

Es war einmal ein mächtiger alter Birnenbaum. Dieser trug tausende, herrliche, große Birnen, in leuchtendem Gelb und Grün. Doch dieser Baum gab keines seiner Früchte her. Nicht ein einziges seiner verlockend reifen Birnen.
Es hatte sich auch schon herumgesprochen. Daher standen schon ein paar Bürger des Dorfes an dem Baum und zogen und zerrten an seinen Ästen und Zweigen, bogen und drehten an ihnen und rissen an den Birnen, ohne eine einzige dafür zu ernten.

Man holte schon den Pfarrer. Er sollte, ausgestattet mit dem Segen Gottes, in diesem Dorf wieder für Ordnung sorgen. Er sprach mehrere Litaneien in Deutsch und Latein und dennoch, kam dieser Baum nicht zur Vernunft. Manche sprachen schon von dämonischen Einflüssen und dass es da doch wohl mit dem Teufel zuginge! Pures Teufelswerk! Hilflos stand der Herr Pfarrer, demütig, seine Mütze in den Händen, die Bibel unterm Arm, mit seiner schönen, nach Echthaar aussehenden Perücke, vor diesem hölzernen Riesen.

Man stelle sich einmal vor; dieser gewaltige alte Birnenbaum, hatte nicht nur dutzende Meter bis zur Baumkrone, sondern auch zwei nahezu strohballendicke Äste, die wie zwei monströse Arme, nach links und rechts, weit ausgebreitet waren. Und einige Dorfbewohner versuchten sogar tollkühn, auf diesen herumzuspringen.

Mit Leichtigkeit wackelte der Birnenbaum ein wenig mit seinen mächtigen Ästen und warf seine ungebetene Fracht wieder herunter. Dann hingen sie sich zu zehnt und zu zwanzig an die Äste und zogen an ihnen.
Fast alle aus dem Dorf, hängten sich an die Äste, also alle Männer, deren Brüder, die Onkel, die Kinder und

sogar die alte Oma Gerda, die sich mutig an den Ast heben ließ. Und als ihre Füße in der Luft baumelten, ging der Wind etwas ungünstig.
Die umherstehenden Dorfbewohner sahen verlegen zu Boden oder drehten sich um.

Nun ja, so viele sich auch an die mächtigen Äste hängten und klammerten, so sehr sie auch an den Ästen rüttelten, der Baum ließ höchstens mal, und das nur aus purer Absicht, eine besonders weiche Matschbirne herabfallen. Aber nicht auf Opa Helmuts haarlosem Kopf, der vollkommen uneitel war, sondern sie fiel ausgerechnet so ungeschickt, dass sie die schöne Perücke des Pfarrers nach hinten wegfegte. Wieder sahen alle betreten zu Boden oder drehten sich um.

Die Kinder lachten laut und ungeniert, dass man bis zu den Backenzähnen, jegliche Zahnlücken sehen konnte. Aber nur, bis es von den Müttern schallende Ohrfeigen gab.

Dann hielten sie sich schmollend die Wangen. Aber, als sie wieder zum Pfarrer sahen, der eilig das faule Birnenmus aus seiner Perücke kämmte, um sie dann wieder auf seinem Kopf würdevoll zurecht zu legen, lachten sie erneut. Inzwischen war das ganze Dorf versammelt.

Der Bürgermeister musste her und sollte das Problem lösen. Es könne ja wohl nicht sein, dass ein Baum seine Früchte nicht hergebe, tönten die Leute!
Und Herr Bürgermeister kam auch schon und fragte, was dieses ganze Theater solle.

Sie sollten doch einfach am Baum rütteln. Er schob ein paar Leute bei Seite und rüttelte und schüttelte an dem Baum, zog an den Ästen, welche etwas tiefer hingen und zog hin und her, hin und her und hängte sich sogar an eine einzelne Birne und schaukelte, wie ein junger Pavian. Die Leute lachten. Er sprang zu Boden und strich sich verlegen seine Glatze.
Alle lachten.

Den Bürgermeister packte der Eifer; es mussten Leute aus dem Nachbarort her, posaunte er. Alle sollten jetzt mit anpacken! Und sie kamen zu Dutzenden.

Alle wollten helfen oder dieses ungewöhnliche Schauspiel sehen. Schon bald waren sie versammelt und zogen und zerrten an den Birnen und Zweigen und Ästen, rissen und schaukelten, doch noch immer fiel keine einzige Birne herab.
Der Pfarrer schaute nach oben und bat inzwischen eindringlich um ein Wunder.
Die kleine Laura sah verwundert mit ihrer Mutter dem regen Treiben zu.

Für sie schien die Sache völlig klar! Als die Dorfbewohner von den Ästen ließen und sich erschöpft ins Gras gesetzt hatten, stellte sich die kleine Laura vor den kolossalen Birnenbaum.

Sie fand, dass er etwas grimmig und verstimmt aussah. Sie dachte sich, dass man ihn etwas aufheitern sollte. Und so stellte sie sich auf ihre Zehen und fing an, ihn links und rechts unter seinen hölzernen Armen zu kitzeln.

Die Leute staunten, denn der Baum begann, seine Äste ein wenig hoch und runter zu bewegen.

Laura kitzelte weiter und weiter und das Publikum jauchzte und feixte und feuerte sie an und der Baum rüttelte und schüttelte sich und herab fielen Birnen noch und nöcher, mehr und mehr, hunderte, tausende.
Die Zuschauer mussten schon mehrere Meter zurücktreten, denn die Birnen stapelten sich und stapelten sich, in mehreren Lagen, bis sich bald ein riesiger mauerhoher Kreis an Birnen, rund um den Baum herum gebildet hatte.
Und das ganze Dorf jubelte, der Bürgermeister strich sich freudig seine Glatze, der Pfarrer nickte dankbar Richtung Himmel und alle klatschten und frohlockten. Das ganze Dorf freute sich noch lange Zeit.
Alle waren glücklich, nur Laura nicht! Denn es gab den ganzen Spätsommer, bis in den nächsten Frühling hinein, jeden Tag, zu jeder Mahlzeit, etwas mit Birnen; Birnenkuchen, Birnenkompott, Birnensuppe, Birnendies und Birnendas.

ENDE

Tine und der Kaffee mit ohne Milch

An einem nebligen Novembermorgen schlurfte Tine, noch etwas schlaftrunken in die Küche. Sie machte Kaffee und goss ihn in eine große Tasse. Sie gab ein kleines Löffelchen Zucker hinzu und einen Schuss Milch.
Sie setzte die Tasse zum Trinken an und hörte ein blechernes „Pfui Deiwi!“

Tine sah sich links und rechts um, horchte an der Tasse und schüttete misstrauisch den guten Kaffee weg.
Sie goss sich erneut Kaffee ein, gab wieder ein Löffelchen Zucker hinzu und wieder einen Schuss Milch.
Sie setzte zum Trinken an und wieder tönte es blechern, „Pfui Deiwi!“
Erschrocken und inzwischen hellwach, horchte Tine an der Tasse. „Pfui Deiwi!“, schallte es nochmals aus dieser.
Der Kaffee in Tines Tasse sah sie finster an und meckerte erneut: „Pfui Deiwi!“
„Aber was hast Du denn?“, fragte Tine.
„Ich mag keine Milch!!!“ , brüllte der Kaffee.
„Aber mir schmeckt Kaffee ohne Milch einfach nicht.“, stellte Tine klar.
„Dann musst Du Dir einen anderen Kaffee suchen.“
Jetzt meldete sich auch die Milch zu Wort: “Du bist doch nur sauer, weil Du mit mir verfeinert wirst und nicht **ich** mit **Dir** geschmacklich abgerundet werden muss.“
Und die Milch kicherte und schaukelte sich vor Lachen, dass der Kaffee beinahe über den Tassenrand geschwappt wäre.
Der Kaffee blubberte böse und murmelte einige Worte.
Tine erkundigte sich: „Stimmt das?“
Der Kaffee gab zu, dass er wirklich deshalb beleidigt war, weil er alleine nicht gut genug sei.

„Aber nein! Ich mag Euch halt am liebsten zusammen. Alleine seid Ihr ja ganz nett und genießbar, aber gemeinsam seid Ihr Beide einfach unschlagbar köstlich!

Da freute sich der Kaffee und die Milch war etwas verlegen.
Beide bedankten sich bei ihr für die lieben Worte.
Jetzt erst vermischten sich der Kaffee und die Milch freundlich miteinander.
„Bis morgen, Tine!“ , rief der Milchkaffee.
Tine lächelte und nahm beherzt einen großen Schluck und der warme Milchkaffee floss angenehm in sie hinein.
„Bis morgen!“ , sagte Tine und streichelte dabei zufrieden ihren Bauch.

ENDE

Christa will spielen

Die kleine Christa hatte große Langeweile. Ihr ganzes Zimmerchen war voller Spielzeug, doch weder Stofftiere, noch Puppen und auch keine Bälle und Luftballons in verschiedenen Farben und auch keine Bausteine und keine Spielkarten luden dazu ein, alleine zu spielen. Deshalb ging sie zu ihrer Mutter: „Mama, spielst Du mit mir?"
„Ach Liebchen, ich kann jetzt nicht. Du siehst doch, dass ich den Boden wische. Spiel doch ein wenig mit Deinen Puppen, die ich Dir letztens unbedingt kaufen sollte."

Christa schlurfte zurück in ihr Zimmer und nahm, eher lustlos, die teuren Puppen und es verging eine halbe Stunde. „Mama, können wir jetzt etwas zusammen spielen?" Und sie schaute ihre Mutter erwartungsfroh an. „Nein, Christa, jetzt muss ich einkaufen. Aber Du kannst gerne mit!" Christa schüttelte den Kopf: „Nein, dann werde ich etwas malen." und sie saß schon bald an ihrem kleinen Schreibtisch und kaute auf ihrem Stift herum.

Als ihre Mutter einige Zeit später wiederkam, stand Christa schon im Türrahmen.
„Mami, spielst Du gleich mit mir?" Ihre Mutter verzog leicht verärgert das Gesicht. „Also Christa, ich bin noch gar nicht ganz drinnen und habe noch nicht mal die Taschen abgesetzt." Das kleine Mädchen verzog den Mund und sah ihr dann geduldig beim Auspacken zu.

Als die Mutter die Einkaufstüten ausgepackt und alles eingeräumt hatte, stürzte das Mädchen seiner Mutter entgegen: „Komm, jetzt hast Du den Einkauf erledigt und alles weggepackt. Jetzt spielen wir endlich!" , bat Christa schmollend. „Aber nein Liebchen, jetzt muss ich doch kochen. Das musst Du aber einsehen! Wir wollen doch nachher etwas essen. Oder hast Du gar keinen Hunger?"
„Doch schon!", gab Christa zu, während die Mutter ihr

tröstend eine Strähne aus dem Gesicht strich. „Na also, endlich siehst Du es ein! Du kannst mir ja etwas helfen!“ Christa stimmte zu und deckte schon mal den Esstisch.

Die Mutter kochte und es dampfte und zischte und roch herrlich in der Küche. Und Nachtisch hatte die Mutter auch schon gemacht. Es gab Sahnepudding. Die Schüssel durfte Christa schon mal auskratzen und hatte links und rechts an ihrem Mäulchen den Pudding kleben und ihre Händchen klebten auch schon vom Puddingabschlecken. Das gefiel Christa. Nach dem Essen und dem herrlichen Pudding, wollte Christa gerade fragen, ob die Mutter Zeit habe, mit ihr zu spielen, doch da rief sie eilig: "Komm Mami, ich helfe Dir!" und packte schnell das Geschirr zusammen, ließ Wasser ins Spülbecken ein und spülte, so schnell sie konnte. Ihre Mutter trocknete ab und räumte gleich alles in die Schränke. Als alles gespült, abgetrocknet und weggeräumt war, sprang das Mädchen auf Mutters Arm. „Komm Mami, jetzt spielen wir aber.“ Und die Mutter sagte: „Aber ich muss doch noch...“ und biss sich auf die Lippe. „Einverstanden, jetzt spielen wir!“ , stimmte sie zu. Christa sprang sofort von Mutters Arm und stürmte eilig in ihr Zimmer. „Komm, Mama, schnell!“ Und sie kramte ein Brettspiel hervor, das sie doch so gerne mit ihrer Mutter spielte.
Und so saßen beide auf dicken Kissen und der flauschigen Wolldecke auf dem Boden und spielten Brettspiele, lachten, tobten, alberten und kicherten herum. Zwei Stunden vergingen, ohne dass sie es bemerkten. Die Mutter hielt das Mädchen anschließend fest in ihrem Arm, drückte es an sich und schwärmte: „Ach Liebchen, das war wirklich schön heute!“
Und Christa sagte: „Na also, Mama! Endlich siehst Du es ein! Zusammen spielen ist doch immer noch am schönsten.“

ENDE

Der Vogel Pfiffikus

Ein Vogel namens Pfiffikus,
der fuhr mal mit dem Omnibus.
Er fuhr dann bis zur Endstation
Dort wartete sein Vater schon.
"Wo warst Du nur so lange?
Mir war schon Angst und Bange.
Bist Du immer noch kein Flattermann?
Wann fängst Du denn zu fliegen an?"
"Ach, Vater! Fliegen kann ich längst!
Und viel besser, als Du denkst.
Von morgens spät - bis abends früh,
spare ich mir ganz viel Müh`.
Ich fahre Bus und Eisenbahn
und spare ganz viel Kraft sodann."
"Sohn, Kraft einsparen ist nicht gut,
Du musst tun, was Vogel tut!
Kraft zurückbehalten, glaube mir,
vermehrt sich nicht, sie schadet Dir!
Glaub Deinem alten Vogelvater!
Bleib´ in Schwung, sonst lacht der Kater

ENDE

Wetterlinge

Es war einmal ein Wetterling ...
Wie? Du kennst keine Wetterlinge? Das ist aber schade. Denn Wetterlinge sind ganz wundervolle Geschöpfe.
Ja, sie haben große Ähnlichkeit mit Schmetterlingen, sind aber viel toller!

Warum? Nun ja, Schmetterlinge lassen sich immer nur bei schönem Wetter blicken. Warum eigentlich? Wo sind sie bloß bei Regen und Schnee und Kälte? Oder hast Du schon mal einen Schmetterling bei grauem, kaltem Wetter flattern sehen? Oder gar bei Regen? Siehst Du! Jetzt weißt Du, warum ich Wetterlinge so toll finde.
Sie flattern auch fröhlich, unbekümmert und anmutig bei Kälte und wenn es regnet. Und wenn die Regentropfen auf die Blätter der Bäume und Blumen prasseln, tanzen sie fröhlich und hüpfen und schlagen dabei belustigt mit ihren Flügeln oder gleiten, wie auf einer Wasserrutsche die großen Blattrippen hinunter.

Und mag der Wind auch noch so stark sein, sie breiten ihre Flügel aus und lassen sich durch die Luft tragen. Natürlich lieben sie es auch, wenn die Sonne ihre Flügel wärmt, sie durch den Sommer fliegen und in den Blütenkelchen haltmachen und von den Blütenpollen naschen.
Es gibt übrigens auch Schneetterlinge, aber von denen erzähle ich Dir morgen. Setz Dich nun auf einen Wetterling und schlafe schön! Gute Nacht!

ENDE

Ein gutes Herz

Ein kleines Mädchen namens Nadjinka fieberte und war sehr krank.
Ihre Mutter holte eine Schale kaltes Wasser und drückte den Lappen etwas aus.
„Du weinst ja Mami“, sprach es besorgt und schwach.
„Nein, nein! Ich habe eben bloß Zwiebeln geschnitten, Schätzchen.“
„Werde ich sterben Mami?“
„Aber nein, mein Kind!“ Liebevoll tupfte sie ihrer Nadjinka die Schweißperlen von der Stirn.
„Also haben wir noch Zeit, nicht wahr Mami?"
„Aber ja, mein Liebes! Ganz viel Zeit haben wir!“
„Dann erzähle mir doch bitte eine Geschichte, ja? Aber eine Besondere! Eine, die Mütter eigentlich nicht ihren Kindern erzählen, hörst Du?“
Ihre Mutter setzte sich näher zu ihr und ihre Tochter schmiegte sich in ihre Arme.
Sie streichelte Nadjinkas Gesicht, wischte sich selbst die letzten Tränen von ihren Wangen und begann zu erzählen:

Die Sonne brütete heiß über den goldenen Feldern von Bühl.
Sie stand hoch oben und brannte an diesem Tag, wie Feuer auf der Haut.
Jedes Arbeiten war beschwerlich.
Mariusz, ein junger Knecht, arbeitete wie ein Pferd für einen Hungerlohn bei einem Bauern.
Es gab viel zu tun und es gab nicht viele Dinge, die das Leben eines Knechtes hätten erleichtern können.
Mariusz war sehr arm, aber gut im Herzen.
Der Bauer vertröstete ihn schon seit vielen Tagen, dass er ihm seinen Lohn ganz sicher bald auszahlen werde.
Als Mariusz eine kleine Pause nahm, um den Bauern wieder mal auf seinen noch ausstehenden Lohn anzusprechen, wurde der Bauer nicht nur unverschämt

und ungerecht, sondern wurde auch noch regelrecht wütend und warf ihn mit beiden Händen aus seiner Stube.
Mariusz landete vor der Tür auf allen Vieren im Schmutz.
„Und lass Dich hier nicht mehr blicken!“, rief ihm der Bauer hinterher.
„Wenn Sie mir mein Geld nicht auszahlen wollen, so geben Sie mir doch wenigstens ein Brot und ein paar Kartoffeln!“
„Nein, das hast Du Dir jetzt verscherzt. Verschwinde und wage Dich ja nicht noch mal wiederzukommen!!!“
So ging Mariusz, gebeutelt und gedemütigt.

Er lief schon eine Weile in Gedanken versunken, bis ihn ein dichter Wald umgab.
Dieser spendete wenigstens etwas Schatten und Schutz vor der glühenden Sonne.
Er setzte sich, noch von der Arbeit und auch von seinem Wege erschöpft, auf einen Baumstumpf und wischte sich mit seinem hochgekrempelten Hemdärmel, den Schweiß von seinem Gesicht.
Die Erschöpfung stand ihm ins Gesicht geschrieben.
Doch schon wenige Minuten später, ging er weiter, bis ihm auf einem kleinen Pfad ein ärmlich aussehender alter Mann entgegenkam.
„Na mein Sohn,“ begrüßte ihn dieser “wohin des Weges?“
„Tja“, seufzte Mariusz, „ich wollte mein Glück in der Stadt versuchen.“
„Dein Glück in der Stadt versuchen? So, so…!“
„Und Ihr, lieber Alter? Ist Euer Weg nicht beschwerlich, ohne Schuhwerk?“
„O ja, sehr beschwerlich! Und ich habe noch einen weiten Weg vor mir!“
„Hier, ich gebe Euch meine Schuhe! Meine Füße sind noch jung und ich schaffe meinen weiten Weg auch noch ohne!“
„Danke, Du hast ein gutes Herz mein Sohn. Du wirst es nicht bereuen! Hör mein Sohn: Wann immer Du Dir etwas

ganz feste wünschst, wird es schon bald in Erfüllung gehen…"
„Danke, Alterchen, aber ich gebe Euch gerne meine Schuhe!"
Und Mariusz setzte sich rasch auf den Boden und zog sein Schuhkleid aus.
Doch kaum sah er wieder auf, bemerkte er, dass der alte Mann verschwunden war. „Alterchen, wo seid Ihr?" Er hatte sich wohl förmlich in Luft aufgelöst. Mariusz sah noch hinter einigen Büschen nach und kratzte sich verwundert am Kopf.

„Mama, im Märchen ist alles möglich!"
„Ja, Nadjinka!", sagte ihre Mutter und streichelte ihr liebevoll durchs Haar.
„Hat er den alten Mann gefunden? Erzähle bitte weiter!"
Ihre Mutter lächelte vor Glück, dass sie ihr Kind von ihrer schweren Krankheit hatte ablenken können und begann weiter zu erzählen: „Mariusz glaubte, aufgrund seines Hungers, zu phantasieren. Er schüttelte ungläubig den Kopf und ging bald weiter. Er schaute aber noch mehrmals zurück, ob der arme, alte Mann vielleicht doch wieder auftauchte. Doch der alte Mann blieb verschwunden.
Mariusz ging also weiter über Stock und Stein, Ästen und Gebüsch, quer durch den Wald, was viel Kraft erforderte und sein Hunger und Durst ihn schwächten. Er wünschte sich so sehr, seinen Hunger und Durst stillen zu können. Ihm war schon ganz flau im Magen vor Hunger, da sagte er leise zu sich „Ich wünschte, ich würde endlich etwas zum Essen haben. Und sei es auch nur einen Kanten Brot."
Plötzlich, er traute seinen Augen kaum, stand auf einem großen Baumstumpf, ein großer Weidenkorb, aus dem lauter Leckereien förmlich herausquollen.
Ungläubig und vorsichtig, sah er sich links und rechts um und ging langsam auf den Korb zu und staunte, welche Leckereien da vor ihm lagen: Knackige Äpfel, ein großes

Stück saftigen geräucherten Schinken aus dem Schwarzwald, ein großer Krug kühles Wasser, ein Laib frisches Brot und würzig duftender Käse und mehrere Hand voll herrliche Trauben.
Ihm lief das Wasser im Munde zusammen. Doch er wollte niemandem etwas wegessen oder gar stehlen. „Dieser Korb", so sagte er sich, „gehört mir nicht!"
So schwer es ihm fiel, sein Gewissen siegte und er rührte den Korb nicht an.
Und so ging er weiter. Doch schon nach wenigen Schritten, glaubte Mariusz zu träumen und rieb sich erneut die Augen! Denn nur wenige Meter weiter, standen noch 2 solcher Körbe.
Doch erneut dachte er sich: „Diese Körbe gehören mir nicht!", und ging hungrig seinen Weg! Doch schon kurz darauf, sah er, wohin er auch schaute, viele dieser prall gefüllten Körbe um sich.
Er wischte sich den Schweiß aus dem Gesicht und beschloss ehrlich: „Wo die Natur so großzügig gibt und genug für alle da ist, da wird auch etwas für mich dabei sein und ich werde daher ganz sicher, niemandem etwas wegnehmen, wo doch so reichlich da ist."
Während er aus einem der vielen umherstehenden Körbe etwas nahm, fragte er sich:
„Womit habe ich dies bloß verdient?", und dachte an die Worte des alten Mannes:
„Wann immer Du Dir etwas ganz feste wünschst, wird es schon bald in Erfüllung gehen…"
Er schnitt sich eine Scheibe vom herrlichen Schinken ab und genoss, dass sich sein Magen füllte. „Also wenn ich mir etwas ganz feste wünsche, dann wird es in Erfüllung gehen? Ach, das wäre ja zu schön, um wahr zu sein."

Die Abendsonne warf kühle Schatten und er schlief ein.

Und schon am nächsten Morgen war er wieder unterwegs und ließ die ganzen Körbe für andere stehen. Er packte sich nur etwas Brot, Käse und Schinken in die

Tasche und nahm ein paar Trauben in die Hand. Fröhlich und gestärkt, legte er an diesem Nachmittage einen langen Waldmarsch hinter sich, bis er einem alten Kräuterweiblein, an einem Bach begegnete.
Sie hatte es schwer das Bächlein zu überqueren.
„Ach, mit dem Altwerden, ist es so ein Leid!“, klagte sie.
„Kommt liebe Alte, ich helfe Euch!“
Er griff ihr beherzt unter den Arm und half ihr übers Wasser. „Danke Dir mein Sohn!“
„Aber liebe Alte, ich half Euch doch gerne.“
Und das eben noch alte Weib, nahm das Kopftuch ab und leuchtend blondes Haar fiel auf ihre Schultern.
Ihre Augen funkelten wie 2 Diamanten und ihre Haut war jung, schön und glänzte gesund in der Mittagssonne.
Mariusz setzte sich, beeindruckt und leicht benommen von ihrer Schönheit, auf einen Baumstumpf, ohne seinen Blick von ihr ablassen zu können und rieb sich die Augen.
Er konnte nicht anders und ging auf sie zu und griff nach ihren zarten, samtweichen Händen, um zu fühlen, ob dieser prachtvolle Augenstern wirklich echt war oder ob er nur träumte.
Ihr Gesicht war so jung und wunderschön. Sie lächelte ihn an, er lächelte zurück! Er dachte wieder an die Worte des alten Mannes: „Wann immer Du Dir etwas ganz feste wünschst, wird es schon bald in Erfüllung gehen…“
„Aber ich habe doch gar keinen Wunsch ausgesprochen!“ , überlegte er vor sich hin.
Da sagte sie: „Du hast es zwar nicht ausgesprochen, lieber Mariusz, aber Dein Herz hat es gesagt!
Und ein gutes Herz, wird immer erhört!“

„Nadjinka?“, flüsterte die Mutter und erfühlte eine gesunde Temperatur auf der Stirn und Gesicht des Mädchens. Ein zufriedenes Lächeln machte sich auf ihren Lippen breit. Sie streichelte ihr zärtlich die Wange und sagte leise: „Ja, Nadjinka, ein gutes Herz wird immer erhört.“

ENDE

Der Tannenbaum

Ein Tannenbaum grünt immer,
den stellen wir ins Zimmer!
An der Heizung warm und schön,
da lassen wir das Bäumchen stehen.
Doch bald darauf piekst es im Fuß;
Vom Tannenbaum, ein kleiner Gruß!
Das Bäumchen stand so nackt und leer -
so gefiel es uns nicht mehr.
Es wirkte nun so schrecklich alt.
Es war ihm bestimmt zu kalt.
Der nächste Baum, stand vor´m Kamin,
bis im Haus die Flammen spieen.
Es roch zwar schön, doch fing er Feuer,
pitschenass zur Weihnachtsfeier!?
"Vielleicht war ihm nun doch zu heiß?"
"Ja, genau!" , "Wer weiß, wer weiß!?"
Der nächste Baum: Auf dem Balkon!
Flog das Bäumchen bald davon!
Kugeln, Kerzen und Lametta,
flogen fröhlich, mit dem Wetter!
Nun war´s genug, mit dem Versuchen,
wir wollten uns ein Plätzchen suchen,
wo Tannen steh´n und mächtig trotzen,
vor Gesundheit nur so strotzen!
Ohne Schmuck und Spitze zwar;
Doch dafür blieb das Bäumchen da!

ENDE

Jule

Wie jeden Samstag schlenderte die kleine Jule mit ihrer Mutter über den städtischen großen Flohmarkt. Dort gab es so viele tolle interessante Dinge, dass beide jedes Mal staunten.
Aber so richtig unbeschwert konnten sie ihre Zeit nicht verbringen. Ihre Mutter redete schon seit gefühlten Stunden auf sie ein. Es ging mal wieder um die Schule und um schlechte Noten.
Jule hörte manchmal kaum was ihre Mutter sagte, weil das Stimmengewirr auf dem Trödelmarkt zu laut war. Das gefiel Jule. Sie nickte einfach nur ab und zu, damit die Mutter glaubte, sie habe alles gehört und verstanden.
Ihre Mutter kaufte hier und da ein paar Kleinigkeiten, wie Teelichthalter aus Porzellan, Klebstoff, welcher viel günstiger als im Supermarkt war, Eierbecher und 3 Putten; niedliche Engel aus Gips. Und für Jule noch zwei gebrauchte Lehrbücher; Deutsche Grammatik, Mathematik und Schreibhefte. "Wenn Du jetzt nicht langsam aber sicher zu lernen anfängst...!", drohte sie und sagte mit Hilflosigkeit in der Stimme: "Ich weiß manchmal nicht, ob Du einfach nur schrecklich faul bist oder ob Du wirklich so..." Ihre Mutter schnaubte verärgert und schimpfte weiter: "Eine Fünf in Deutsch! So eine Schande. Wie krieg´ ich bloß die Grammatik in Deinen Kopf? Mensch, so dumm kann man doch nicht sein?!"
Jule erwiderte prompt: "Ich bin nicht dumm!", und ihr Gesicht bekam einen bitteren Ausdruck.
Ihre Mutter winkte ab. Als sie damit beschäftigt war, die Bücher und Hefte einzupacken, spürte Jule einen stechenden Blick im Nacken. Sie drehte sich um und schaute, woher dieser Blick wohl gekommen war. Da zog ihre Mutter sie schon am Arm und führte sie auf den Ausgang zu. Jule sah zurück und nun war es ganz klar; Sie sah einen Stand mit fürchterlich altem Trödel, wo eine Zigeunerin saß und sie mit smaragdgrünen Augen ansah. Sie durchdrang sie förmlich mit ihren Blicken und Jule

riss sich von Mutters Hand los und rannte auf den Stand zu.
Vorsichtig ging sie die letzten Schritte auf sie zu und wusste selbst nicht, ob sie ihr noch etwas näher kommen sollte.
"Gib mir Hand", forderte die Frau mit slawischem Akzent.
Jule reichte neugierig ihr kleines Händchen.
Da kam die Mutter verärgert zum Stand gelaufen:
"Was wird das denn Fräulein? Warum läufst Du einfach weg? Bei Dir piept´s wohl?!"
Doch die Zigeunerin war ganz auf Jule konzentriert und beachtete die Mutter gar nicht:
"Du bist eine sehr intelligente Mädchen."
Aber Jule erklärte: "Ich habe in Deutsch eine Fünf und alle sagen, dass ich dumm bin!"
"Aber nein!", widersprach diese tröstende, wenn auch etwas unheimliche Frau, mit ihren leuchtend grünen Augen. "Du bist großes Talent für Deutsche Sprache. Nicht wie ich! Du bist sehr klug! Du bist hübsch und sehr großes Genie!
"Haha, schön wär's!", winkte Jules Mutter ab und schüttelte den Kopf.
"Komm, ab nach Hause jetzt", und sie zog an ihrem Arm.
Die Frau steckte dem kleinen Mädchen mit einem verschwörerischen Augenzwinkern etwas in die Jackentasche.
Während Jule Richtung Ausgang gezogen wurde, sah sie zurück und die Zigeunerin nickte ihr gutmütig zu. Nur eine Sekunde später, als Jule erneut zurück sah, war sie verschwunden.
Jule versuchte sie noch mal zwischen den ganzen Leuten zu entdecken, doch ihre Mutter zog sie schon durch den Ausgang und redete wieder pausenlos auf sie ein.
"Sobald wir Zuhause sind, machst Du Dich an die Schularbeiten und danach übst Du noch. Haben wir uns verstanden?"
Das Mädchen quengelte unterwegs und war verstimmt.
Jule hielt fest in der Hand, was ihr diese geheimnisvolle

Frau in die Jackentasche gesteckt hatte. Es war etwas Stiftartiges. Das bemerkte sie sofort. Aber wie es aussah, konnte sie unterwegs nicht sehen, denn sie wollte ihrer Mutter davon nichts erzählen. Sie hätte es ihr ganz sicher abgenommen und falls sie es überhaupt wiederbekommen hätte, wäre ganz sicher mal wieder irgendeine Bedingung daran geknüpft gewesen.

Kaum zu Hause, schloss Jule ihre Zimmertür, setzte sich an ihren Schreibtisch und zog einen wunderschönen Füller aus ihrer Jackentasche.
Jule staunte: "Oh, so ein schöner Füller. Das ist ja ein richtiger Füllfederhalter! Und wie schwer er ist!" Es war ein edler und vor allem kostbarer Füllfederhalter aus Horn mit einer goldenen Schreibspitze.
Jule leerte mehrere Tintenpatronen in einem Gläschen, legte ein Blatt Papier auf den Tisch und tauchte zum ersten Mal die Schreibfeder in die Tinte, welche sich mit Farbe vollsog.
In schönen Bewegungen glitt die Federspitze sanft über das Blatt. Nach zwei oder drei Worten, bevor die Schreibfeder trocken auf dem Papier kratzte, tauchte sie diese wieder in die Tinte und schrieb weiter.
Nach einer viertel Stunde, platzte ihre Mutter ins Zimmer: "Bist Du fertig mit Hausaufgaben, Fräulein?"
"Ja", log Jule einsilbig und hoffte, dass man ihr das Lügen nicht ansah.
"Dann komm essen! Und wasch Dir die Hände!"
Kaum saß das Mädchen mit frisch gewaschenen Händen am Tisch, forderte ihre Mutter:
"Und ab heute wird jeden Tag zwei Stunden gelernt! Fernsehen kannst Du Dir jetzt erst mal abschminken."
"Darf ich denn gleich noch was vor die Tür?", fragte Jule und machte einen ganz lieben Augenaufschlag.
"Höchstens 30 Minuten. Danach übst Du noch Mathe und dann ab ins Bett."
Jule unterließ vorsichtshalber das Naserümpfen, aß ihr Abendbrot und verließ anschließend das Haus.

Sie stand am Friedensplätzchen und sah den anderen Kindern beim Toben zu.

Währenddessen sah sich ihre Mutter auf Jules Schreibtisch um und entdeckte ihr Gedicht:

"Nie war mein Seel´ so trüb, wie an diesem Tage,
als überkam mich das Gefühl, ich wäre Mutter eine Plage.

Nie würd´ ich so glücklich, wie an diesem Tage,
hab´ keine Ruhe augenblicklich, bis mich ihre Liebe wieder trage."

Sie war zutiefst berührt und begann zu weinen, so lange, bis Jule wieder nach Hause kam.
Als Jule ihr Zimmer betrat, wischte sich ihre Mutter die Tränen aus dem Gesicht.
"Was hast Du, Mami?"
Ihre Mutter bemühte sich ihre Stimme gewohnt klingen zu lassen, doch sie war noch viel zu ergriffen: "Woher hast Du dieses Gedicht, mein Schatz?"
"Ist von mir. Hab ich geschrieben! Entschuldigung Mami, ich weiß, ich sollte eigentlich Hausaufgaben machen!" Da unterbrach sie die Mutter liebevoll: "Komm her mein Schatz!", und nahm sie auf ihren Schoß und drückte sie lange und voller Liebe fest an sich und küsste ihr Haar. Eine ganze Weile verging und Jule war froh, sie zufrieden zu sehen.
Nachdem ihre Mutter mit einem Lächeln das Zimmer verlassen hatte, nahm Jule ihr Gedicht in die Hand und sah, dass einige ihrer Worte auf dem Blatt, von Mutters Tränen verschwommen waren. Sie wusste gar nicht so recht, ob sie sich freuen oder selbst noch ein paar Worte wegweinen sollte.
Sie rahmte sich das Gedicht mit den von Tränen verwaschenen Worten ein und hängte es an die Wand, gleich neben ihrem Schreibtisch.

Als ihr Vater am frühen Abend nach Hause kam, hörte sie, wie ihre Mutter mit lobenden Worten über sie sprach. Sie war so überrascht, dass sie sich kaum traute, das Zimmer zu verlassen, um ihren Vater zu begrüßen. Es war ganz und gar ungewohnt für sie, dass sie im Mittelpunkt stand und dann sogar mit wertschätzenden Worten.

Der volle Mond blinzelte ins Zimmer und Jule konnte nicht einschlafen. Sie setzte sich an ihren Schreibtisch, legte sich erneut ein Blatt Papier zurecht, nahm ihren kostbaren Füller in die Hand und schon begann wieder ihre kleine Hand, den Füllfederhalter zu führen.

Sie tunkte alle drei bis vier Worte die Feder in die Tinte, bis sich diese erneut aufgefüllt hatte und schrieb, bis ihre Augen zufrieden das Geschriebene musterten.
Jule gähnte darauf und schlurfte in ihr Bett. Der Mond war inzwischen weitergezogen und bestrahlte nun nicht mehr ihr Bettchen, worauf sie rasch einschlief.

Am nächsten Vormittag fand Jule´s Mutter das Gedicht von vergangener Nacht:

"Bin ich nur wert, wenn ich kann?
Kann ich nur, wenn ich was wert?
Hat man Talent etwa nur dann,
wenn es mir ward vererbt?

Ein Jeder zerrt an mir herum
und sieht an mir nur Makel.
Ich sei faul und dumm,
führ´ ins unumkehrbare Debakel.

Man führe mich liebevoll,
geleite mich am Händchen.
Lehre mich das Dur statt Moll,
so entfalteten sich Talentchen."

Das ging ihr sehr zu Herzen! Sie hatte ja bereits am Tag zuvor voller Rührung geweint, aber nun heulte sie wahrlich wie ein Schlosshund. Vor Ergriffenheit, vor Stolz, vor Einsicht, dass sie als Mutter nicht alles richtig gemacht und Jule wohl oft Unrecht getan hatte.
Sie rief auch gleich Jules Vater an und berichtete aufgeregt, was Jule geschrieben hatte. Auch ihm schossen die Tränen in die Augen. "Unser Kind ist also womöglich hochbegabt! Sie ist bestimmt völlig unterfordert!" Da waren sie sich einig. Jules Vater steigerte sich richtig hinein: "Vielleicht sollten wir sie noch mehr fördern, mit Privatlehrer usw.“, "Vielleicht können wir sie auf eine Privatschule schicken.“, ergänzte die Mutter.
Kaum aufgelegt, kam ein Anruf von Jules Lehrer. Sie kannten sich ja bereits, da sie schon öfter wegen Jules schlechter Noten, zusammen telefoniert hatten.
Doch diesmal war alles anders! Denn der Lehrer hatte nur Gutes über Jule zu berichten und schwärmte geradezu. Sie hatte den besten Aufsatz der ganzen Klasse geschrieben!
Ihr Lehrer war so positiv überrascht, dass er unbedingt Jules Mutter Bescheid sagen wollte.
Auch sie erzählte von Jules Gedichten und ihren wohlfeilen Worten.

Gegen 14 Uhr kam Jule zur Türe herein und ihre Mutter nahm sie sofort in den Arm und begrüßte sie herzlich! Das gefiel Jule. Aber sie konnte sich nicht erklären, warum ihre Mutter plötzlich so anders zu ihr war. Sie betrat ihr Zimmer und ein nagelneues Fahrrad stand vor ihrem Schreibtisch. Jule staunte und bedankte sich brav, aber fragte sich: "Ist das für den gelungenen Aufsatz in der Schule?" Den hatte sie wohl eher ihrem edlen Füller zu verdanken, von dessen Existenz ihre Eltern nichts wissen sollten.
Als ihre Mutter anfing von den Gedichten zu erzählen und dass ihr Lehrer angerufen hatte, weil sie den besten

Aufsatz der Klasse geschrieben hatte, war es Jule sehr unangenehm.
Sie hatte schon fast geglaubt, sie hätte das Fahrrad *einfach so* bekommen und weil sie es sich schon so lange gewünscht hatte.
Liebevoll sagte ihre Mutter: "Ruh´ Dich aus mein Schätzchen. Ich bring´ Dir gleich einen Kakao!"
Jule setzte sich an den Schreibtisch und sah traurig und unzufrieden ihren Füller an, den sie schnell wieder in der Schublade versteckte, als ihre Mutter den Kakao und noch Kekse brachte.
Liebevoll strich sie ihr übers Haar. Jule genoss, aber so richtig annehmen konnte sie es nicht. Es kam ihr unverdient vor. Bald kam ihr Vater nach Hause, zog seinen Mantel aus, legte Süßigkeiten für sie auf den Schreibtisch und begrüßte sie mit einer erfreuten und innigen Umarmung. Auch er kam auf die Gedichte zu sprechen und vergewisserte sich, ob sie die auch wirklich ganz alleine geschrieben habe. "Ja, ganz alleine“, versicherte Jule.
"Heute darfst Du eine halbe Stunde länger aufbleiben“, sagte ihr Vater und verließ ihr Kinderzimmer mit einem zufriedenen Lächeln.
So ging es viele Tage lang. Ihre Eltern waren so stolz, dass sie der ganzen Nachbarschaft von Jules Dichtungen erzählten. Kein Tag verging, wo Jule nicht mindestens 10 Mal auf ihre täglich neu verfassten Gedichte angesprochen wurde.
Sie konnte es schon nicht mehr hören. Fast täglich bekam sie kleine Aufmerksamkeiten oder gar Geschenke von ihren Eltern und Nachbarn und jede Menge Zuspruch. Natürlich ist Lob etwas Feines. Doch Jule war klar, dass ihr inzwischen gewonnenes Ansehen, nicht auf Ehrlichkeit und wahrem Talent beruhte. Ihr Füller war doch schließlich der Urheber, dem eigentlich das Lob gebührte! Oder etwa nicht? Jule wurde von Tag zu Tag unzufriedener.

Der Mond, der mit jedem Tag immer schmaler wurde, lugte gerade in ihr Zimmer, da saß sie am Schreibtisch, tunkte die Feder des Füllers ins Tintenglas und mit schwungvollen Bewegungen, schrieb sie Wort für Wort und dachte lange nach, bis es Zeit wurde, Schlafen zu gehen.
Doch vorher fällte sie noch eine Entscheidung: Sie beschloss, auf das Lob und die Geschenke zu verzichten und nur noch Lob bekommen zu wollen, welches sie auch wirklich verdiente.
Sie wollte einfach nur, dass man sie liebt. "Einfach nur so, weil *ich* es bin!“, dachte sie sich und zerbrach entschlossen den Füller zwischen ihren Händen und warf ihn aus dem Fenster, wo er im Dunkeln verschwand.
Als Jule längst schon tief und fest am Schlafen war, ging ihre Mutter auf Zehenspitzen durch ihr Zimmer und fand wieder neue Zeilen von Jule und hopste eilig ins Schlafzimmer und las gemeinsam mit Jules Vater das neue Gedicht.
Beide schüttelten verwundert den Kopf. "Wir haben soviel falsch gemacht!“, bedauerte der Vater. Jules Mutter nickte zustimmend, mit Tränen in den Augen.
Sie lagen sich weinend in den Armen, während sie noch lange auf Jules Gedicht starrten:

"Um meinetwillen sollt Ihr mich lieben.
Einfach nur, weil ich bin.
Ich sollt´ Euch am Herzen liegen!
Noch besser; Ganz tief drin´."

ENDE

Miezekomm und Wuffwuff

Es war einmal eine kleine Katze, die hieß Miezekomm. Zumindest glaubte sie das.
Denn immer, wenn jemand sie sah und streicheln wollte, rief man sie "Mieze, komm!"
Miezekomm hatte ein großes Leid zu tragen, denn sie konnte nämlich nicht Miauen!

Sie konnte nur Bellen, wie ein kleiner Hund. Keines der anderen Katzen und Kätzchen, verstand was Miezekomm ihnen erzählte. Und immer wieder erschraken sie sich, wenn Miezekomm mit ihrem Rumbellen antwortete.

Die Katzen versuchten es trotzdem noch einige Male und miauten und miauten und Miezekomm, bellte und bellte, bis sogar Opa Hertwig, demonstrativ laut und feste, mit einem "Ruhe!!!", sein Wohnzimmerfenster zuschlug und die Katzen verscheuchte.
Miezekomm wurde ganz traurig.
Keiner verstand sie. Die anderen Katzen gaben es auf, mit ihr zu sprechen. So schlurfte sie immer einsam durch die grauen Hinterhöfe der Großstadt.

Und jedes Mal, wenn andere Katzen und Kätzchen sie sahen, drehten sie sich um und gingen eilig. Denn Miezekomm war ihnen unheimlich. Es hatte sich nämlich schon überall rummiaut, dass Miezekomm seltsam war. Eine Katze die bellte!!! Dann noch ihre Pinselohren. Sie hatte nämlich lange Haare an ihren Ohrspitzen, die an Haarpinsel für Wasserfarbe erinnerten.
Das war ihnen alles nicht geheuer.

Miezekomm lief auf den Hinterhof einer Gaststätte, weil es dort abends an der Küchentür, Essen gab. Meist sogar warmes Essen. Misstrauisch überließen die anderen Katzen ihr ein Stück vom Fressen.
Miezekomm verzog sich damit und nagte abseits alleine daran herum. Wie fröhlich doch die anderen Katzen waren! Nur sie blieb alleine. Der Anblick, die anderen Katzen so gesellig und heiter zu sehen, tat ihr weh. Sie nahm ihr Fressen mit und verzehrte es zwischen zwei Mülleimern.
Während sie fraß, überlegte sie betrübt, was sie mit ihrem Leben anfangen sollte. Diese Einsamkeit und sich mit niemandem unterhalten zu können, war sie leid. Plötzlich schreckte sie ein lautes Miauen, direkt hinter ihr, auf! Sie antwortete bellend und es war doch tatsächlich ein kleiner Hund! Und dieser miaute, wie ein Kätzchen und wedelte fröhlich mit seinem Schwanz. Miezekomm bellte noch mal und der kleine Hund antwortete miauend! Er verstand sie!!! Sehr gut sogar! "Oh, wie schön, dass du mich verstehst!", sagte die kleine Katze. Und der kleine Hund erzählte ihr, warum er Wuffwuff hieß. Denn immer wenn ihn Menschen sahen und er miaute, sagten sie "Wuff-wuff" zu ihm.

"Ach, das ist ja komisch", sagte Miezekomm zu ihm. Und so teilten sie sich das Fressen und besuchten noch weitere Gaststättenhinterhöfe, denn sie hatten sich so viel zu erzählen.

ENDE

Die Ballade der Fliege, der Katze und mir

Die Fliege surrt,
wie frech, sie setzt sich,
direkt auf meine Nase.
Die Katze schnurrt
und bestaunt mich.

Ich schiele wie ein Hase.
Die Katze schleicht umher,
die Fliege passt gut auf.
Die Katze schwingt die Pfote
und haut mir eine drauf.

Ich werf´ die Zeitung nach der Katze,
doch treff´das Teegeschirr.
Sie droht mir mit der Tatze,
die Fliege saust ganz wirr.

"Das gute Porzellan entzwei!
Na warte, Pfotentier!
Ich bring´ Dir schon Manieren bei,
noch hast Du von den Pfoten vier!"

Ich jage sie durchs ganze Haus
tret´ in die Mausefalle rein.
Bin ich etwa eine Maus?
Zu Bruch geh´n noch 2 Flaschen Wein.

"Der gute Tropfen!!! Jetzt bist Du dran!"
Humpelnd, am Zeh die Mausefalle.
Die Katze, obgleich, wer den Streit begann,
sie wetzt schon jede Kralle.

Ich scheuch´ das Vieh, das Regal fällt um.
Die Einmachgläser machen ZISCHHHH!!!
Der Kühlschrank stürzt und macht KAWUMMMM!
"Du Dämon, wenn ich Dich gleich erwisch´!!!"

Ich räume auf und hör´ KRATZ-KRATZ
"Das ist ja wie bei Beduinen;"
die Couch zerfetzt, das war die Katz!
Die Fliege saust um die Ruinen.

Wegen einer Fliege, ist alles nun zertrümmert!
Was hat es mir gebracht?
Durch blinden Zorn, alles verschlimmert
Und werd´ von meiner Katze ausgelacht!

ENDE

Nadja

Nadja war gerade 12 und es war wieder so ein Tag, wo ein Mädchen in diesem Alter das Leben einfach nur doof findet. Und der versemmelte Physiktest bei Frau Miesekuh, kam noch auf den riesengroßen Haufen Unzufriedenheit oben drauf.
Sie eilte genervt von der Schule nach Hause, ihre Mutter rief etwas, was Nadja gar nicht zur Kenntnis nahm. Sie schlug ihre Zimmertür zu, schmiss ihre Schultasche in die Ecke und warf sich ins Bett und schmollte.
"Ach, wie schrecklich ist alles."
Doch eigentlich ging es gar nicht um den Physiktest oder um das Leben allgemein.
Der wahre Grund hieß Frank, war dreizehneinhalb und war eine Klasse über ihr.
Hatte er denn nicht verstanden, dass sie in ihn ganz doll verliebt war? Sie hatte es ihm doch gesagt! Na schön, so richtig gesagt, hatte sie es ihm nicht. Aber sie lächelte ihn doch immer so an. Sie hatte nur Augen für ihn. Ihn, und nur ihn! Keinen anderen! Das hätte er doch bemerken müssen. Außerdem hatte sie ihn doch gefragt, ob sie mal was zusammen unternehmen wollten.
Also nicht so richtig gefragt. Sie war in der Pause, während alle auf dem Hof waren, in seine Klasse gegangen und hatte ihm einen Brief in seine Schultasche gesteckt.
Seither war aber nichts passiert und Nadja wurde traurig. Ja es kränkte sie. Gefiel sie ihm etwa nicht?
Tage vergingen, doch Frank nahm von Nadja keinerlei Notiz.
Auf dem Schulhof sah sie immer wieder zu ihm herüber. Einmal kam Frank sogar beinahe auf sie zu, aber ging an ihr vorbei.
Jeden Nachmittag lag Nadja frustriert auf ihrem Bett, schmökerte in Liebesromanen lang verblichener Autoren und dachte dabei an Frank. Oft schlief sie dabei mit einem leicht zufriedenen Lächeln ein, bis ihre Mutter ins

Zimmer kam und sie aus ihren süßen Tagträumen weckte, sie solle den Tisch decken oder zum Essen kommen. Tisch decken, zum Essen kommen. Wen interessierte das? Nadja jeden falls nicht. Sie interessierte sich nur für Frank. Doch Frank bemerkte sie einfach nicht, als hatte es ihren Brief nie gegeben.
Was Nadja nicht wusste, war, dass der Junge, der in der Klasse neben Frank saß, sehr verliebt in sie war. Schon lange versuchte er, Nadja auf sich aufmerksam zu machen. Ganz doll klopfte sein Herz, wenn Pause war und er Nadja auf dem Schulhof sah, die immer abgelenkt schien, und er zu ihr rüberlächelte. Doch Nadja sah an ihm vorbei. Er dachte, sie sei bloß schüchtern und warf immer wieder ein verlegenes Lächeln rüber. Im Unterricht und Zuhause auf seinem Bett dachte er immer an dieses süße Mädchen aus der Klasse unter ihm und an ihren schönen Liebesbrief.

ENDE

Julia und die Zaubererbse

Julia war ein kleines, unscheinbares Mädchen, aber sie hatte sehr unangenehme Charaktereigenschaften:
sie war nämlich nicht nur stur, sondern sie konnte sich innerlich so aufregen, dass ihre Wangen und ihr Hals sich knallrot färbten und sie vor Wut nicht mehr sprechen konnte. Ihre Stimme war dann jedes Mal wie blockiert. Sie glaubte ständig, man belüge sie, würde sie schlecht behandeln und ihr immer und alle Zeit Unrecht tun.

Da sie nie darüber sprach, was sie dachte und wollte, sammelte sich ihre Wut, wie Wasser in einem Fass. Irgendwann ist ein jedes Fass mal voll und es läuft über. Julia lief dann weg und redete mit einem nicht mehr. Sie hatte ein paar Freundschaften zu etwas älteren Mädchen, die es wirklich gut mit ihr meinten. Aber diese sagten natürlich immer nur das, was Julia gefiel. Sie mochten die Kleine!
Aber Wehe, wenn sie es wagten, etwas zu sagen, was Julia nicht gefiel oder sie aufmerksam machte, dass sie Fehler machte!! Der wurde mit wochen- wenn gar, monatelangem Schweigen bestraft. Und sie schaffte es immer wieder, selbst aus dem kleinsten Ärgernis, eine ganz große Sache zu machen. Nie im Leben würde sich Julia entschuldigen. Im Gegenteil! Wer noch mal mit ihr sprechen wollte, musste sich gefälligst bei *ihr* entschuldigen, auch wenn *sie* die Schuldige war. So verlor sie natürlich auf Dauer den Kontakt zu den anderen Kindern. Denn warum sollten sich die Kinder ständig bei ihr entschuldigen, was sie selbst verbrochen hatte? Das machte keiner ein zweites oder drittes Mal mehr. Aber einer blieb ihr. Er fühlte sich als ihr wahrer Freund, der sich von all ihren Wütereien und Sturheiten nicht abwimmeln ließ; Das war der kleine Tim.
Tim war ein fröhlicher, geselliger und zugleich auch etwas ängstlicher Junge und akzeptierte Julia so, wie sie war! Er war sehr verliebt in die kleine Julia. Und anders

als Julias ältere Freundinnen, welche ihr nur nach dem Mund redeten, war er immer ehrlich zu ihr, ohne sie dabei zu kränken.
Denn er wählte immer die richtigen Worte, im richtigen Augenblick, in der richtigen Tonlage. Denn wie gesagt, war Julia sehr empfindlich.
Eines Tages war es wieder mal soweit; Das kleine Fass in Julia drohte überzuschwappen. Dies sah man ihr natürlich nicht an. Das bedeutete: Ein falsches Wort und die Freundschaft steht auf dem Spiel. Und alles, was mal Wert hatte und gut war, wurde mit einem Mal, für immer ausgelöscht. In Julia staute sich wieder die Wut! Sie platzte bald, ihr Herz bebte schon, bevor sie Tim getroffen hatte, der sie nichts ahnend freudig begrüßt hatte! Tim hatte heute keinen guten Tag erwischt. Er hatte ihr sein Lieblingsbuch geliehen und nun war es weg. Julia wusste nicht mehr wo es war. Womöglich verloren. Aber kein Wort der Entschuldigung.

Tim wusste, dass es zwecklos war, Julia aufzufordern, sich zu entschuldigen. Er wiederholte stattdessen noch 5 mal seinen Vorwurf in freundlichen Tönen, dass sie es verloren hatte, weil sie nicht aufgepasst hatte.
Er hoffte, dass sie doch irgendwann mal darauf entschuldigend hätte reagieren müssen. Tat sie aber nicht.
Als er dann noch fragte, wann sie ihm das Geld zurückgäbe, welches er ihr geliehen hatte, - er warte schon seit 3 Wochen darauf - da lief sie puterrot an und lief einfach weg, ohne ein Wort zu sagen. Tim dachte noch, dass sie sicherlich das Geld holte. Doch die kleine Julia saß bald zuhause und schmollte und war wütend. Sie explodierte wieder beinahe vor Zorn, bis ihr ganzer Hals fast bis zum Bauchnabel rot und heiß wurde. Tim klingelte bei ihr, doch sie machte nicht auf. Er schob ihr einen Zettel unter der Tür durch und bat, dass sie sich vertragen sollten. Er wartete lange, bis endlich ein Zettel

von ihr unter dem Türschlitz hervorschaute, auf dem lauter wütende Sachen standen.
Tim schrieb mehrere Male ganz lieb, doch von Julia kam immer wieder nur Gift und Galle zurück. Jetzt reichte es Tim aber, er schrieb ihr wütend zurück und wusch ihr ordentlich den Kopf! Das passte gar nicht zu Tim. Er war doch ein ganz lieber. Aber sie hatte ihn mit ihrem unfairen und undankbaren Verhalten so verärgert, dass er seiner Verärgerung Luft verschaffte. Er wartete noch bis zum Abend vor der Tür, doch es kam kein Zettel mehr. Und auf Klopfen und Rufen reagierte sie grundsätzlich nicht beim Streiten.

Am nächsten Tag ging es genauso weiter. Er schrieb und wartete Stunden und sie schrieb, wann es ihr gefiel. Dass Tim wartete, rührte sie nicht. Sie habe ihn ja schließlich nicht gebeten zu warten. Wenn sie schrieb, dann meist etwas nicht sehr Hilfreiches sondern Böses. Und immer neue Vorwürfe und Anforderungen, welche er zu erfüllen habe, damit sie sich überhaupt noch mal darauf einließe, mit Tim wieder befreundet zu sein.
Und dass sie alles verzeihen könne, das stünde gar nicht zur Debatte. Und er habe ja dies und das und jenes zu ihr gesagt. Was *sie* ihm aber alles geschrieben hatte, davon war natürlich keine Rede. Er gab jetzt nur noch nach, versprach Besserung, er wusste zwar selbst nicht so recht, wobei er sich bessern sollte, aber es schien Julia zu gefallen. Doch sobald sie sich beinahe wieder vertragen hatten, fing Julia wieder mit einem neuen Diskussionsthema an. Da kam ihm eine Idee. Er lief schnell nach Hause, nahm etwas aus dem Küchenschrank, schrieb ihr eine kleine Geschichte und legte eine ganz besondere Pille dazu. Zugegeben, es war nur eine einfache Erbse! Aber jetzt war es eine Zaubererbse! Eine Erbse gegen Wut. Er schrieb ihr, dass diese Erbse bewirke, dass sie sich nie mehr aufregen könne. Julia war skeptisch und mäkelte, die Pille sähe aus, wie eine gewöhnliche, hässliche Erbse. Tim

versicherte, dass es keine gewöhnliche Erbse sei und sie sei doch seine Prinzessin und sie solle nicht auf dieser Erbse schlafen, sondern sie runterschlucken. Erst dann, wenn die Wut dann weg sei, für immer und alle Zeit, würde sie sehen, dass er ihr Prinz sei und sie ihn auch sehr liebte. Julia schluckte die Erbse, Verzeihung!, die Zaubererbse, mit viel Wasser runter.

Tim horchte an der Tür. Julia öffnete sie ein wenig und wollte gerade wieder rot anlaufen und sich aufregen, doch es ging nicht! Kein roter Hals, keine roten Wangen, keine Wut! Das Fass lief nicht über. "Schön!", sagte Tim "Nun können wir endlich Freunde sein, ohne dass du ständig vor Wut beinahe platzt und vor Wut gar nicht sehen kannst, wie lieb du mich hast! Julia lächelte verlegen und nahm Tims Hand.

ENDE

Wie? Du hast immer noch nicht genug???
Na schön, eine ganz kurze Geschichte erzähle ich Dir noch ...

Ilona in der Stadt

Ilona wohnte in einem kleinen Dorf.
Es war wirklich schön dort. Aber es war auch sehr ruhig.
Natürlich hatte sie viele Freunde, aber sie hatte auch einen Wunsch: Sie wollte so gerne reisen!
Ganz weit weg. Vielleicht sogar in ein anderes Land.
"Ach, könnte ich doch reisen!"
Jeden Tag dachte Sie daran und schrieb sogar ein Gedicht:

Reisen will ich, fliegen, laufen!
Einfach nur ein Ticket kaufen!
In ein Flugzeug, "Guten Tag,
fliegen Sie mich, wohin ich mag!
Ach, wohin? Das weiß ich nicht!
Ganz weit weg! Dann freu ich mich!
Mein Koffer ist gepackt, juhu!
Fliegen Sie nach Malibu?
Nach Deutschland? Das ist schön!
Das wollte ich schon immer seh´n!
Vielleicht nach Köln oder Berlin?
Da würde ich gern hinziehen!
Vielleicht Düsseldorf oder München?
Da kauf ich mir ein kleines Hündchen.
Es kommt immer mit, wohin ich gehe
und ist immer in der Nähe.
Gegenüber vom großen Kino
heißt das Eiscafé "*Bei Gino*!"
Da esse ich gerne ganz viel Kuchen
"*Den mit Apfel musst Du versuchen!*",
sagt Gino und während dem Essen,
hab ich meinen Hund vergessen!
Ich kaufe ihm auch ein kleines Stück.
"Du hast wirklich großes Glück,
mein liebes, kleines Hündchen!
Ciao Düsseldorf, jetzt fliegen wir nach München!

ENDE

<u>Außerdem im Mario Otto Verlag erschienen:</u>

Jetzt NEU! Das Kinderbuch für kluge Kinder und Erwachsene!

Mario Otto Bücher und Ebooks gibt es bei **Amazon.de**
Suchen Sie nach Mario Otto

Der Autor nimmt sich für gute, lohnende Gespräche gerne Zeit und liebt besonders Leserbriefe!
Ebenso willkommen sind talentierte **Hobby-Zeichnerinnen**, welche bei meinen nächsten und Büchern und Projekten dabei sein wollen!

Impressum:

Autor, Verlag und Herausgeber:

Mario Otto / Mario Otto Verlag
Friedenstr.14
40219 Düsseldorf
mail@mario-otto.de

16618085R00053

Printed in Poland
by Amazon Fulfillment
Poland Sp. z o.o., Wrocław